DOMINGOS PELLEGRINI

A árvore que dava dinheiro

3ª EDIÇÃO

© DOMINGOS PELLEGRINI 2009
1ª edição 1981
2ª edição 1991

COORDENAÇÃO EDITORIAL Maristela Petrili de Almeida Leite
EDIÇÃO DE TEXTO Erika Alonso
COORDENAÇÃO DE PRODUÇÃO GRÁFICA Ricardo Postacchini, Dalva Fumiko N. Muramatsu
COORDENAÇÃO DE REVISÃO Elaine Cristina del Nero
REVISÃO Alexandra Costa
EDIÇÃO DE ARTE/PROJETO GRÁFICO Ricardo Postacchini
ILUSTRAÇÕES Rogério Borges
DIAGRAMAÇÃO Camila Fiorenza
SAÍDA DE FILMES Helio P. de Souza Filho, Marcio H. Kamoto
COORDENAÇÃO DE PRODUÇÃO INDUSTRIAL Wilson Aparecido Troque
IMPRESSÃO E ACABAMENTO EGB Editora Gráfica Bernardi
LOTE 784438
COD 12061432

Dados Internacionais de Catalogação na Publicação (CIP)
(Câmara Brasileira do Livro, SP, Brasil)

Pellegrini, Domingos
  A árvore que dava dinheiro / Domingos
Pellegrini. — 3. ed. — São Paulo : Moderna,
2009. — (Coleção Veredas)

  ISBN 978-85-16-06143-2

  1. Literatura infantojuvenil I. Título.
II. Série.

09-01356   CDD-028.5

Índices para catálogo sistemático:
1. Literatura infantojuvenil   028.5
2. Literatura juvenil   028.5

Reprodução proibida. Art.184 do Código Penal e Lei 9.610 de 19 de fevereiro de 1998.

Todos os direitos reservados

EDITORA MODERNA LTDA.
Rua Padre Adelino, 758 - Belenzinho
São Paulo - SP - Brasil - CEP 03303-904
Vendas e Atendimento: Tel. (11) 2790-1300
www.modernaliteratura.com.br
2023

Impresso no Brasil

**Cantiga infantil em Felicidade
enquanto as árvores davam dinheiro:**

*Esta rua, esta rua tem um bosque
onde tem, onde tem dinheiro em penca.
Com dinheiro, dinheiro na mão aposto
que não há o que a gente não vença.*

*Dinheiro, dinheiro na mão quem tem
tem tudo, tudo que quiser comprar.
Com dinheiro, dinheiro na mão, meu bem,
uma vida melhor não existirá.*

**Cantiga infantil em Felicidade
depois que as árvores deram dinheiro:**

*Esta rua, esta rua teve um bosque
que já deu, que já deu dinheiro em penca.
Hoje em dia, a planta de que mais gosto
é a minha, é a minha velha avenca.*

*Dinheiro, dinheiro na mão quem tem
quando vê, o dinheiro já voou.
Dinheiro, dinheiro iludiu meu bem
dinheiro endoidou o meu avô.*

Uma fábula moderna

Publicado pela Editora Moderna em 1981, *A árvore que dava dinheiro* tornou-se um clássico da literatura juvenil brasileira, conforme o autor "para jovens inclusive da terceira idade".

É uma fábula moderna, narrada com realismo fantástico, ao plantar na vida comum de uma pequena cidade dois fatos extraordinários e mágicos: uma árvore de dinheiro que, porém, só ali tem valor.

Com isso, a pequena Felicidade em poucos anos passa por todos os ciclos econômicos vividos pela Humanidade em milênios.

A cidadezinha, que nasceu do primitivo comércio tropeiro, passa por comércio intenso, por inflação disparada e depois por estagnação econômica, chegando até a ressuscitar o mercado de trocas — que historicamente existiu antes da invenção do dinheiro, quando pessoas e tribos trocavam alimentos diferentes e artefatos diversos.

Depois disso, Felicidade descobre que pode fazer dinheiro "de verdade" através do turismo e da prestação de serviços, descobrindo, enfim, a eterna fonte do bem-estar econômico e social, o trabalho. Não é à toa que todas as ilustrações do livro mostram mãos, símbolos de trabalho.

Evidenciando a forma de fábula, os personagens não têm nomes, forma de o autor indicar que não são pessoas particulares, mas símbolos de mazelas e virtudes: avareza e generosidade, ambição e simplicidade, humildade e ganância, honestidade e desonestidade, ardilosidade e sinceridade, consumismo e frugalidade, iniciativa e ilusão, trabalho e sonho, egoísmo e comunidade, ilusão e felicidade.

Este é um livro de afirmação de valores, com uma história de muita ação e também, de forma envolvente e divertida, muita visão e muitas lições!

Sumário

As sementes 9
As árvores.. 29
As flores 45
Mais flores... 74
E mais flores.. 86
O pó 105
Os frutos...121

As sementes

Era uma vez em Felicidade um velho tão unha de fome que andava uma semana com o chinelo esquerdo, pé direito com sapato — para ninguém dizer que ele era pobre. Depois andava outra semana com o chinelo direito, o pé esquerdo com sapato: chinelo é mais barato e, assim, os sapatos duravam anos. Até que um dia ele morreu, sem desconfiar que aquela dor nas costas era de andar com um pé mais alto que o outro.

Se Cristóvão Colombo se chamasse Américo Vespúcio, tinha descoberto a América do mesmo jeito; e Joaquim José da Silva Xavier era tão Joaquim quanto Joaquim Silvério dos Reis, de modo que não adianta nada contar o nome do velho. Com qualquer nome ele ia morrer do mesmo jeito: sozinho, apesar de rodeado de gente.

Antes de morrer ficou um tempão caído no quintal, sem ninguém para dar uma mão ou uma palavra. Tinha chegado da rua e ia entrando pela cozinha para economizar a escada da frente, que era de mármore. Aí, caiu e ficou.

A escada era de mármore porque o velho era munheca, mas não era pobre; era dono de metade da cidade. Morava ali porque a cidade era tão pobre que ninguém pagaria aluguel daquele sobrado.

Tinha comprado da viúva do fundador de Felicidade, que tinha erguido o sobrado no tempo em que as tropas de burros passavam com café e açúcar a caminho do porto. Depois voltavam com tecidos, mantimentos, remédios, miudezas e encomendas. Quando viam de longe uma tropa chegando, os meninos ficavam até sem fôlego de contar um, dois, três, dez, cinquenta burros olhando o rabo um do outro pela estrada enrolada na serra, na frente a mula--madrinha com o cincerro no pescoço.

O eco batia no povoado, e sempre algum menino gritava que vinha tropa descendo a serra; ia gritando rua afora e os moleques iam despencando das árvores, saindo dos esconderijos, batendo portas — e corriam pela estrada para esperar na ponte. A tropa arranchava ali, e a molecada ia e voltava com cestas cheias de cocada, curau, pamonha, quindim, bombocado e outros doces e salgados para vender. Os tropeiros comiam com saudade de casa, depois de mastigar o arroz-feijão com carne-seca que cozinhavam nas pedras da beira do rio.

Tomavam banho, lavavam a camisa para o dia seguinte e, de manhã, entravam na cidade vendendo bebida e sedas, sapatos e pimenta, roupas e aviamentos, secos e molhados; de modo que Felicidade, no tempo em que era povoado, era mais animada do que depois que cresceu e as tropas deixaram de passar.

No dia em que passou a última, ninguém desconfiou que era a última. Ficaram muito tempo esperando outra, e enquanto isso gente ia casando, ia nascendo gente e o povoado virou uma cidadezinha ao longo da estrada, espremida entre os morros e o rio. A estrada virou uma rua de paralelepípedos e o Governo Estadual mandou botar postes para ganhar eleição. Em cada poste acenderam uma luz, os pirilampos sumiram e apareceram muitas mariposas. Era como as luzes de um velório; muita gente foi embora e Felicidade parecia morrer. O Governo tinha aberto outra estrada contornando a serra, e agora as cargas passavam por lá, em caminhões que nem tinham tempo de parar.

O fundador de Felicidade gostava tanto de conversar que tinha erguido o sobrado para ser casa em cima e hotel embaixo — mas, quando morreu (de uma doença que ninguém falava o nome), o hotel estava vazio. Fazia tempo que não passava um viajante, fazia anos que não parava um circo. As luzes dos postes queimavam e a Prefeitura dizia que era o Estado que devia trocar, o Estado dizia que era a Prefeitura, e Felicidade continuava escura. Então a viúva ficou muito desgostosa e disse no velório que queria morar longe da lembrança do marido e daquela escuridão, e, nem bem ela fechou a boca, o velho — que naquele tempo ainda não era velho, mas já usava chinelo e sapato —, falou que, sendo assim, fazia a caridade de comprar o sobrado.

— Não sei direito quanto vale — a viúva gemeu e pediu um preço que achou alto, mas era muito barato.

— Negócio feito — disse o velho, e aí ela não pôde mais voltar atrás, porque naquele tempo negócio era negócio.

Com aquele dinheiro ela pagou as dívidas, foi embora com uma mão na frente e outra atrás; e o velho deu de fazer negócio em velório.

Quando teve idade de aposentar, vendeu o moinho, que era a única indústria da cidade, e economizou ainda mais para comprar mais casas ou emprestar a juros. O cidadão emprestava dinheiro do velho, não pagava, o velho ficava com a casa. Tinha até gente que vendia a casa ao velho e ficava pagando aluguel; mas pelo menos ficava com dinheiro para ir conhecer o mar ou a capital, comprar móveis e roupas, tratar dos dentes, fazer metade de um enxoval: na metade o dinheiro sempre acaba.

Só o dinheiro do velho não acabava: aumentava. Tinha um chuchuzeiro trepando na casa e, no almoço, comia feijão com chuchu e na janta chuchu com arroz, de modo que ele assim continuou comprando casa, comprando casa. De dois em dois anos comprava uma caneta para fazer as contas dos aluguéis e dos juros, em papel de embrulho.

Uma preta, dessas que ninguém sabe que idade tem, trabalhava para o velho desde muito tempo. Dormia num quartinho do porão, com um cobertor de criança: cobria o peito descobria os pés, cobria os pés descobria o peito. Então dormia mal, acordava cansada e pegava na vassoura para se escorar, tonta; aí via um cisco no chão e varria, de tão acostumada, e continuava a trabalhar o dia inteiro por puro costume, e também porque não sabia o que mais fazer da vida; aliás, nem pensava nisso. Varria o sobrado todo, passava pano nos móveis da viúva, até cansar; aí parava numa janela para suspirar, via mato na grama, ia arrancar. Voltava, passava o dedo num beiral, estava empoeirado, então pegava um pano úmido e passava em tudo; e de repente sentia um cheiro no ar: era o urinol do velho debaixo da cama. Ia despejar na privada; olhava e o que é que via?

Via que a privada estava encardindo. Pegava o pano com areia e esfregava até branquear; depois passava pela cozinha e o fogão olhava para ela, ela olhava o fogão, suspirava e ia bater arroz no pilão: o velho só comprava arroz com casca para economizar.

De tardezinha, quando ela ia à missa, parava no portão duma velha, com cadeira na calçada. A velha sempre perguntava:

— Como é que vai a senhora?

— Levando a vida, levando — ela sempre respondia.

Mas naquele dia a velha falou que ela estava muito abatida.

— Arroz também — ela respondeu — apanha no pilão pra ficar bom de comer.

A velha olhou a cruz na torre da igreja:

— É mesmo, a gente quando apanhou bastante é porque logo vai se libertar.

Então a preta foi rezar, rezou, voltou; e, para economizar gás, só amornou o arroz-feijão do almoço com chuchu da cerca. A igreja badalou seis vezes e o velho não aparecia; ela embrulhou as panelas no cobertor para economizar forno e sentou esperando, ficou olhando as coisas sem ver nada, até que viu a lata de feijão: tirou um punhado, começou a escolher para o dia seguinte.

Lá fora, o velho tinha caído de barriga para baixo, mas depois de muito custo conseguiu virar. Depois conseguiu sentar no chão, de costas para a parede, e ficou muito tempo vendo como as nuvens formam tanta coisa, e como o sol foi avermelhando o céu, e como as cores foram mudando devagar e para sempre, enquanto os passarinhos quase se matavam de tanto cantar.

Era a primeira vez que reparava na morte de um dia, e agora olhava tanto que os olhos secavam sem piscar e formigas bicavam a baba que escorria da boca. O velho olhava maravilhado; de repente tudo era tão bonito...

— ... e de graça!

A boca falou e entortou. O velho estava com uma careta de dor olhando a primeira estrela. Ela parecia piscar para ele; então tentou sorrir, a boca entortou mais. Foi então que a velha preta resolveu espiar no quintal, saiu olhando o vermelhão do céu e tropeçou no velho.

— Que que o senhor tá fazendo aí no chão?

Ele resmungou alguma coisa, ela voltou resmungando que ele era um velho resmungão, que ela devia ter deixado aquela casa fazia muito tempo, que onde já se viu trabalhar em troca de cama e comida, ele tinha sorte que ela estava pagando uma novena, senão pegava a trouxa e saía pelo mundo, ele ia ver um dia. Foi resmungando assim até a porta da cozinha; parou, virou para trás com as mãos nas cadeiras:

— E se quiser jantar vem logo que tá esfriando.

Entrou, sentou de novo catando feijão, esperou que esperou e o velho não vinha. Aí ela botou o feijão de molho e foi de novo ver por que aquele velho caduco não vinha jantar.

Já estava escuro e agora ele estava deitado de cara no chão, incomodado igual tartaruga virada. Ela debruçou:

— Quer alguma coisa?

Ele resmungou alguma coisa, se contorcendo no chão; ela olhou bem:

— Esse velho tem alguma coisa...

Foi bater na casa vizinha. Levaram o velho para o quarto com tanto cuidado que acabaram caindo na escada, depois se perderam na escuridão cheia de portas: o andar de cima não tinha lâmpadas. A preta estava na cozinha fazendo um chá de sabugo de milho, ele gostava muito: mal não fazia e não custava nada. Metade do corpo dele tinha endurecido, a outra metade não obedecia; um vizinho pegava numa perna que nem um pau, outro pegava noutra perna bamba igual corda; parecia que o velho fazia de pirraça, e a boca torta parecia rir o tempo todo.

Um menino correu buscar o médico espalhando a notícia — de modo que, quando voltou com o médico, os inquilinos do velho já estavam se ajuntando na rua. Alguém emprestou uma lâmpada e logo estavam todos olhando para a única janela acesa no sobrado. A preta conseguiu molhar todo o travesseiro despejando chá na boca do velho, até ele engasgar.

Aí ela se trancou no porão, acendeu uma vela e rezou ajoelhada num canto, onde São José de braço quebrado segurava Menino Jesus sem cabeça, num altarzinho arrumado em caixote com boizinho de presépio, Nossa Senhora da Aparecida e uma espada-de-são-jorge que levava um mês para murchar numa lata com água.

Conforme ela rezava, o sobrado ia enchendo de gente; o assoalho rangia e ribombava com o tropel: criançada corria, homens pisavam duro com sapatões e botinas, mulheres arrastavam cadeiras, de repente parecia que tudo ia desabar em cima dela. Então pegou o travesseiro e as roupas, e as coisas do altar e o cobertor, enfiou tudo dentro de um saco, jogou o xale nos ombros e o saco nas costas, saiu, mas voltou logo, devolveu o cobertor e tornou a sair sem ninguém perceber; deixou a vela acesa e sumiu de Felicidade.

O médico chegou; a multidão abriu caminho e ele subiu, sentou na beirada da cama, as mulheres saíram do quarto e ele examinou o velho; parecia um gafanhoto enrugado. O médico parecia um anjo de branco no quarto escuro; a lâmpada era tão fraca que a luz morria no assoalho empoeirado e nos móveis sem brilho. Era um médico moço, mas meio careca; examinou, examinou, aí botou

16

a mão na testa e foi levando para trás até encontrar cabelo, parou como se achasse também o pensamento:

— O senhor vai pagar o tratamento?

O velho balançou de leve a cabeça: Não ia não.

— E a consulta?

O velho parecia até melhorar, balançou firme a cabeça: Não!

Então o médico levantou falando a todo mundo que não adiantava mesmo tratamento. O velho estava com derrame, infarto e começo de pneumonia.

A notícia rolou sobrado abaixo: o velho estava morre não morre; estava nas últimas; já tinha batido as botas, se tivesse botas; vai morrer, está morrendo, morre logo — iam passando a notícia de boca em boca, enquanto no quarto ele tentava falar com a boca retorcida.

Alguém debruçou na cama, a voz saía num fio de dor:

— O cartorário... com o testamento.

A notícia desabou sobrado abaixo, rua afora: o velho tinha um testamento!

O cartório era na cidade vizinha, mas cinco homens se juntaram para pagar a viagem de táxi. Eram inquilinos do velho, e o táxi era um Oldsmobile que fazia uma semana não pegava uma corrida; então o motorista avisou logo que era preciso esquentar o motor e trocar um pneu murcho. Quando o motor esquentou, o pneu já estava trocado e, quando partiram, todo mundo se dividiu: metade no sobrado, metade na igreja fazendo promessa:

— Minha Nossa Senhora da Aparecida, se a casa ficar de herança pra gente, prometo o seguinte...

E desfiavam terços, enquanto no quarto o velho olhava a lâmpada. Entravam mulheres com cadeiras trazidas de casa, sentavam beirando as paredes e iam puxando terço ou cochichando. Os homens fumavam em rodas no quintal, moleques subiram na mangueira, e na rua os moços sentaram no meio-fio. Fazia lua cheia e noite estrelada; logo os homens começaram a contar casos e piadas, e as moças começaram a passar na rua de braços dados. Iam até a esquina e voltavam passando pelos moços, mas sem olhar para eles, que olhavam para elas tão acostumados como se olhassem um rio passando. De vez em quando um falava uma gracinha, elas fingiam não ouvir e iam rir na esquina, voltavam de novo de nariz erguido.

O posto telefônico era na frente do sobrado, e o telefonista não parava de fazer ligação. Felicidade tinha 12 linhas e 57 telefones, quatro ou cinco para cada linha, cada um numa casa. Então alguém ligava falando da herança e os vizinhos ouviam nos outros telefones da linha, quem sabe alguém sabia mais alguma coisa; e ligavam para os parentes, sondavam: — O velho nunca tocou no assunto com você? — assim o painel do posto telefônico acendia todas as luzes e o telefonista precisava de mais duas mãos para dar conta — até que desistiu e ficou ouvindo um namoro.

— Acho que eu podia ficar eternamente ouvindo você — dizia o rapaz.

18

— O quê? Minha mãe chegou dizendo que o velho do sobrado tá morrendo, vai deixar as casas de herança. Alô?

Ele já tinha desligado; a rua enchia mais. Cinco ou seis moços estavam sempre no posto vendo o telefonista mexer naqueles cabos todos. Só tinha aquele emprego nos últimos anos, a velha telefonista aposentou e o moço passou no concurso; agora o remédio para os outros era esperar a fábrica de arredondar tijolo, a fábrica de desentortar banana, a fábrica de engarrafar fumaça, ou uma herança: será que o velho tinha muito dinheiro?

No quarto o velho mandou chamar um viúvo que estava de mudança. O homem entrou miúdo e de olhar vivo feito um mico; mas sem encarar ninguém — e o velho viu logo que era o pior tipo para fazer negócio. Então chamou com a mão que ainda se mexia: chega mais perto, chega. O homem chegou, ele bateu de leve no colchão: senta aqui, senta. O homem sentou, ele chamou com os olhos: escuta aqui, escuta; e o homem quase colou o ouvido na boca do velho, que gemeu baixinho:

— Ninguém leva dinheiro pro caixão... Tenho dinheiro no banco, fica pra você...

Os olhinhos do mico brilharam:

— Pra mim? Quanto dinheiro?

O velho disse a quantia até o último centavo, e emendou:

— Só que você me passa escritura da sua casa...

— A casa vale muito mais!

— Valer é uma coisa, vender é outra...

— É muito pouco dinheiro.

— É tudo que eu tenho, e não tenho mais tempo...

— Um pouco mais e, quem sabe, sai negócio...

— Um pouco mais e eu morro...

— É muito pouco...

— Mas é à vista... O cartorário vem vindo, ele ajeita os papéis. É minha última palavra.

E a boca torceu, o corpo esticou endurecendo. Quando viu aquilo, o homem apertou rapidinho a mão dura do velho:

— Negócio fechado.

Aplaudiram na rua: o cartorário chegava. Abriram a porta do táxi, foram abrindo caminho para aquela pasta preta que ele levava no peito. Chegou no quarto, puxou uma cadeira, sentou e foi falando que estava tudo em ordem: fazia anos o testamento estava perfeitamente registrado e plenamente válido, o velho não precisava nem ter chamado. Mas o velho esticou o braço, fez sinal de escrever; o cartorário enfiou uma caneta naqueles dedos secos e ele escreveu: LÊ.

Então o cartorário começou a ler o testamento, num silêncio de se ouvir o próprio coração. O sobrado ficava de herança para a preta velha, e todas as outras casas ficavam para os próprios inquilinos.

Imediatamente as mulheres caíram de joelhos dando graças a Deus, foram beijar a mão do velho.

Os homens se cumprimentavam com tapas e empurrões, querendo descer a escada sem conseguir, porque quem estava embaixo queria subir e, naquele entupimento de gente, de repente, alguém gritou na janela a grande notícia. Urraram de alegria lá fora, e um rojão subiu e estourou três vezes.

No primeiro estouro apagou a vela no quartinho da velha.

No segundo estouro apagou a lâmpada no quarto do velho.

No terceiro estouro o velho apagou.

Quando o cartorário saiu, o sobrado já estava vazio e a rua em festa. Procurou alguém sóbrio para dizer que as casas só seriam deles dali a dois anos:

— Conforme o testamento, vocês têm de requerer escritura neste mesmo dia daqui a dois anos, ou então tudo fica para a Prefeitura.

Mas todo mundo festejava. O cartorário insistia:

— Além disso, vocês têm de plantar na praça, em cerimônia pública, três sementes que ele deixou. É o pedido dele no testamento.

Mas todo mundo se abraçava, corriam garrafões de vinho, e numa casa ligaram alto uma vitrola. Então o cartorário resmungou: — Seja o que Deus quiser! —, e foi atravessando a praça para pegar o táxi. No meio da praça parou, ficou olhando as três sementes pretas na mão; eram esquisitas. Aí olhou a festa na rua:

— É uma cerimônia pública, não é?

Cavucou com o sapato no lugar onde tinha morrido uma velha árvore, jogou no buraco as três sementes, fechou empurrando terra com o pé e entrou no táxi quando o sino da igreja batia meia-noite.

Meio-dia um cachorro atravessou a praça com as orelhas murchas e a língua suando. Parou onde era a velha árvore e, sem querer, aguou as três sementes.

No fim da tarde o velho foi enterrado como indigente, num caixão sem verniz e sem flores. Umas velhas foram rezando até o cemitério, alguns homens se revezaram nas alças. Na beira da cova abriram o caixão, ele sorria com a boca torta.

Dias depois todos os herdeiros receberam carta do cartório, e em todas as casas marcaram na folhinha o dia da morte dele, e começaram a fazer planos para o dinheiro do aluguel que não pagariam mais. Dali a dois anos, com escritura da casa na mão, um ia reformar o banheiro e esticar um caramanchão nos fundos; outro ia trocar o telhado; outro ia pintar a casa de azul e branco, outro de verde; e sonhando assim, Felicidade foi vivendo.

Não imaginavam que logo veriam dinheiro nascer de árvores e todo sonho virar realidade.

Não demorou uma semana para despontar na terra uma plantinha; e no mesmo dia apareceu outra; no dia seguinte já estavam as três tomando sol. E todo dia o cachorro passava, erguia a perna e aguava.

Mas uma morreu pisada.

Outra morreu de seca, num dia de sol em que o cachorro não passou.

A terceira cresceu tão depressa que, num mês, o cachorro já erguia a perna no caule, já com uma casca áspera de árvore.

Ao lado tinha um banco de madeira, para aproveitar a sombra da velha árvore; de modo que acharam bom crescer outra ali, e um dia ela anoiteceu protegida por um cercado — e, no dia seguinte, agradeceu crescendo ainda mais depressa.

Agora o cachorro não conseguia mais chegar ao pé dela, nem ela precisava mais ser aguada: abria folhas novas todo dia, numa fúria que ninguém ainda percebia, porque era apenas uma pequena árvore.

Mas com dois meses a árvore era mais alta que um homem.

No terceiro mês, o cachorro deitou na sombra.

No quarto mês, todos já haviam reparado nela; crescia e se esgalhava ao vento.

No quinto mês os moleques começaram a trepar nela.

No sexto mês despontou no galho mais alto uma folha colorida, que começou a abrir e não era uma folha, era uma flor de uma pétala só, mas só o vento sabia: a pétala era uma nota de dinheiro.

E a nota foi desenrolando e, conforme desenrolava, ia secando, até estalar como dinheiro novo; aí voou com o vento de tardezinha.

Foi achada de manhã por um menino.

Ele ia pela rua empurrando um pneu careca, a caminho do rio onde os outros meninos nadavam, gritando e pulando das árvores na margem. Quanto mais perto, mais ele ouvia os gritos e ficava com mais pressa. Empurrou o pneu para correr atrás. O pneu bateu no meio-fio e tombou; ele foi pegar, viu um papel parecendo dinheiro. Pegou: era dinheiro!

Olhou para todo lado, tornou a olhar bem a nota e era mesmo verdadeira e graúda; então desatou a correr para casa, deixando o pneu caído na praça.

Primeiro a mãe ouviu a história, depois fechou um pouco os olhos, olhando de lado:

— Quero saber de quem o senhor roubou.

— Não roubei, mãe, juro! Achei na rua!

— O senhor não minta pra mim...

— Juro, mãe, juro por Deus!

— Não minta pra sua mãe!!

— Se for mentira, a hóstia vai sangrar na minha boca na comunhão!

Ela pegou a nota: estava esticadinha, lisinha como se acabasse de sair do banco, estalando de vontade de comprar alguma coisa — e era preciso tanta coisa quando sobrasse um dinheiro na vida! Então ela passou a mão na cabeça dele e falou que acreditava, enfiou a nota nos peitos e ele pediu dinheiro para um doce, ela disse que não tinha e ele insistiu até apanhar.

Se o marido soubesse, ia pegar o dinheiro para encher a despensa de vinho e linguiça — então ela saiu antes da janta e comprou tudo que queria. Quando o marido chegou, a mesa estava com toalha nova, os pratos trincados estavam no lixo; e comeram em pratos novos uma comida feita em panelas novas.

Depois da janta o menino tornou a pedir dinheiro para doce, ela disse que fazia mal para os dentes. Então ele contou ao pai que tinha achado uma nota graúda. O pai virou para a mãe perguntando cadê, cadê, e num instante estavam discutindo e engasgando com o café; aí o menino esqueceu do doce e saiu.

Na rua as meninas brincavam de passa-anel e os meninos de pique-salva. Ele entrou na brincadeira e logo estava arfando de tanto correr e passando cuspe nos arranhões dos tombos.

Antes o pique era num poste, agora era numa árvore nova que crescia na praça; e ele viu que os galhos mais altos estavam com botões de flor.

Quando a igreja badalou dez horas, as mães começaram a chamar das janelas, e o pique-salva acabou. Três meninas ainda continuaram cantando numa varanda: três elefantes incomodam muita gente, quatro elefantes incomodam, incomodam, incomodam, incomodam muito mais; e quatro elefantes incomodam muita gente, cinco elefantes incomodam, incomodam, incomodam, incomodam, incomodam muito mais; e seis elefantes...

O telefonista namorava na porta do posto; desde que tinha badalado dez horas, a namorada se despedia com sussurros, os dois apertando as mãos com testas coladas. Uma janela abriu numa casa e uma mulher chamou, os dois se afastaram como se levassem choque, a moça respondeu que já ia, já ia; a janela fechou batendo. Ela foi atravessando a pracinha no rumo da casa, parou debaixo da árvore e olhou para trás, ele foi correndo e se abraçaram na escuridão dos galhos; depois ela foi quase correndo para casa e ele foi resmungando atender um telefonema.

Vinte elefantes incomodam muita gente, vinte e um elefantes incomodam, incomodam, incomodam, incomodam, incomodam, incomodam...

Dois velhos conversavam em cadeiras na calçada. Um falou alto para as meninas na varanda:

— É muito elefante!

Uma respondeu: — Os incomodados que se mudem.

Então a mãe chamou as meninas para dentro e elas entraram fazendo bico.

Bateram onze horas.

— A vida é um buraco — disse um velho suspirando.

— E viver é ir cavando cada vez mais fundo — disse o outro, levantando e pegando a cadeira — até que o buraco fica pronto e a gente deita dentro.

— Se eu tivesse dinheiro... — o outro suspirou.

— Fazia o quê? Levava no caixão?

Aí foi cada um para sua casa, as luzes foram se apagando e Felicidade dormiu. Mas a árvore continuou a soltar botões de flores, e ia amanhecer florida se um vento não batesse antes do sol: arrancou as notas ainda pela metade, algumas sem ponta, outras com pedaços ainda em branco. Quando pintou a primeira claridade, o vento brincava com elas nos paralelepípedos.

As velhas deitavam cedo, acordavam antes do sol. A primeira a chegar na igreja subia os degraus e esperava a segunda, entravam juntas falando das dores da noite. Às vezes tinham de esperar o sacristão abrir a porta; aí as outras iam chegando e ficavam igual bando de gralhas na escadaria esverdeada de musgo, os xales pretos nos ombros e os terços nas mãos.

Quando entravam na igreja cobriam a cabeça, os lábios mexiam numa reza que nunca terminava; estavam puras e prontas para se libertar deste mundo.

Às cinco o padre saía da sacristia com o sacristão e um coroinha, andava até o altar olhando o chão, bocejava e começava a missa. Mas naquele dia o sacristão abriu a porta e nenhuma velha esperava para entrar: estavam na praça, andando mais curvadas do que sempre, olhando o chão como se procurassem. Ele desceu os degraus resmungando: decerto algum terço tinha arrebentado.

Mas viu que procuravam na praça toda, perguntou o quê. Uma velha olhou para ele como se fosse o demônio, continuou procurando mais depressa.

Quando o padre saiu da sacristia com o coroinha, ainda não tinha ninguém na igreja. Foram olhar lá fora: o sacristão e as velhas zanzavam pela praça olhando o chão. O padre desceu com o coroinha atrás.

— Decerto arrebentou algum terço...

De repente o coroinha abaixou e pegou metade duma nota, enfiou depressa no bolso. Mais dois passos e o padre achou outra metade, então o coroinha mostrou a sua metade, para ver se combinava com a do padre; mas eram notas diferentes, e então eles também começaram a procurar.

Quando o sol levantou, todos desistiram e se juntaram na frente da igreja:

— Eu achei uma metade — disse uma velha.

— Eu achei duas — disse outra.

— Na minha falta uma ponta — disse mais outra.

— A minha tem a ponta, mas o resto em branco — disse o sacristão.

E então foram juntando metade com metade, pedaço com pedaço; mas nada combinava com nada.

— Parece castigo — disse o padre.

Nessa hora o sol bateu na praça uma bofetada de luz e viram que era hora de a missa estar acabando. Deram as costas ao sol e subiram os degraus ainda curvados, olhando o chão.

As árvores

A árvore deu novos botões no fim do dia, e de noite foi abrindo uma fortuna de pétalas, e de manhã elas secaram ao sol, caíram com a brisa. Ia passando uma mulher, viu uma nota, pisou em cima; aí botou as mãos nas cadeiras, como se sentisse a dor de lavar roupa todo santo dia, ou a dor de carregar filho enganchado na cintura, e assim, curvada de dor, tirou o pé de cima e viu que era a mais graúda das notas do país!

Então agachou para arrumar a sandália, catou a nota e enfiou depressa nos peitos, levantou e foi para casa andando reta sem olhar para os lados. Conforme ia chegando ia flutuando. Entrou em casa voando, passou o trinco e encostou as costas na porta, suspirando igual em novela de televisão; mas naquele tempo a televisão ainda não tinha chegado a Felicidade, encravada no meio dos morros: era preciso antenas tão altas que ninguém tinha tanto dinheiro.

Mas ali, suspirando atrás da porta e olhando os móveis de presente do casamento, séculos atrás, ela se prometeu que ia ter uma televisão, com uma antena tão alta como torre de petróleo. Guardou a nota debaixo da lata de farinha e saiu para contar ao marido, tão animada que pisou em outra nota e não viu; mas viu que a rua estava movimentada: um assanhamento de gente andando para lá e para cá como não se via há muito tempo.

Mas alguma coisa não estava certa: ninguém falava com ninguém, todo mundo de mãos nas costas e olho no chão, como se de repente amanhecessem filósofos e andassem pensando. Pensando nisso, ela também olhou o chão e achou outra nota. O coração quase saiu pela boca; agachou, catou, enfiou nos peitos e não foi atrás do marido, virou filósofa também.

Quem não sabia, via pela janela e pensava que Felicidade ia ficando doida: velhos e mulheres, moças e rapazes andavam pela rua sem se olhar e sem tirar os olhos do chão.

Mas logo alguém agachava e catava alguma coisa; então mais alguém saía de casa para ver o que andavam achando, e logo começava a procurar também, de modo que mais e mais gente zanzava trombando uns nos outros, andando em círculos, baratas tontas, agachando rápido e catando, e se afastando depressa como se fosse alguma coisa suja e vergonhosa.

Nessa hora o açougueiro saía de caminhonete, buzinando para a molecada, com uma lista de encomendas de carne para buscar na cidade vizinha. Depois voltava, entregava tudo e pegava a vara de pescar, uma lata de minhocas e uma garrafa de vinho. Antes do meio-dia já estaria a caminho do rio, para sentar no barranco e tirar fieiras de lambaris.

No caminho para o rio, mulheres sempre punham a cara na janela, perguntavam se ele ia pescar. Sempre tinha vontade de responder que não, que estava levando as minhocas para tomar banho e a vara para tomar sol, mas respondia sempre que sim, estava indo pescar.

— A senhora precisa de alguma coisa?

— Um punhadinho de lambaris, se o senhor puder.

— Se Deus quiser eu trago — ele dizia sempre; e assim, quando chegava no rio, já tinha meia dúzia de encomendas.

Quando o sol ficava bem no meio do céu, ele tirava um sanduíche do embornal, comia devagar, depois ficava de pé e urinava no rio, com respeito; tornava a sentar no barranco e não levantava mais até encher fieiras de lambaris. Voltava parando de casa em casa, bebendo numa um dedo de pinga, noutra um copo de vinho em troca dos lambaris. Chegava em casa com um pé andando para cá e outro pé andando para lá; de modo que ele ia se equilibrando até sentar, aí a mulher começava com a ladainha:

— Onde já se viu açougueiro dar peixe de graça todo santo dia, e...

Ele ouvia com um sorriso na cara, mastigando arroz com feijão e peixe. Depois se espreguiçava e ia dormir;

mas antes sempre achava bom dizer alguma coisa à mulher, então parava na porta do quarto, pensava, pensava e dizia sempre:

— Amanhã vai ser outro dia.

— Decerto que vai — ela continuava falando para as paredes: — Ele vai pegar a vara e encher a cara de vinho no rio como faz todo santo dia.

Então ele arrotava dizendo amém, e caía na cama.

Mas naquele dia tudo começou diferente. Saiu cedinho de caminhonete, e viu metade da cidade andando na rua de mãos nas costas, todo mundo sério como numa procissão desencontrada.

Parou numa moça:

— Que que estão procurando?

— Procurando? Quem que está procurando?

— Todo mundo. Não está todo mundo procurando?

— Eu não — disse a moça, e continuou procurando.

O açougueiro rodou com a caminhonete caindo aos pedaços, parou num velho:

— Que que procuram tanto?

O velho piscou, tornou a piscar:

— Perguntou alguma coisa?

— Perguntei o que todo mundo tanto procura.

O velho botou a mão no ouvido:

— O quê?

— O que, pergunto eu. Não sabia que o senhor estava ficando surdo. — E gritou: — Que que estão procurando tanto?!

— Procurando? Ninguém está procurando nada — disse o velho, e continuou procurando.

O açougueiro jogou os ombros para cima e eles caí-ram de volta no mesmo lugar, que é um gesto que não custa nada e resolve tudo: decerto estavam todos ficando loucos, mas pareciam estar se sentindo muito bem, então que procurassem até gastar a rua, e fim. Ele também não tinha mania de pescar todo dia feito louco manso? Então.

Viu a mulher na janela, resmungou entrando na caminhonete:

— Quem dera ela ficasse um pouco louca também; quem sabe parasse de ver loucura em mim.

E partiu; no primeiro buraco, um para-choque caiu:

— Cato na volta.

Um dia, quando tivesse dinheiro, ia ter uma caminhonete nova. Agora tinha pressa: precisava trazer carne a tempo de a mulherada fazer almoço. Então acelerou, levantando poeira e notas de dinheiro.

Quando cruzou a ponte de volta, ouviu um clamor como se a cidade estivesse em festa, ou como se o rio de repente tivesse uma cachoeira. E, conforme foi passando pelas primeiras casas, estranhou não ver ninguém nos quintais, nem nas janelas, nem na rua: ninguém. Era uma cidade deserta com um tropel, uma revolução lá adiante na praça.

Na praça, parou a caminhonete e desceu esquecendo de desligar o motor, sentou no estribo e ficou olhando de boca aberta.

A praça estava tomada por uma multidão, turbas que se juntavam e tornavam a se apartar em tropel, na lei de cada um por si: gente se arranhava, rastejava, brigava; corriam, pulavam, gritavam disputando galhos de árvore! O padre tinha ajoelhado na escadaria da igreja e rezava olhando para o céu com um ramo da árvore na mão, ao lado de um coroinha olhando tudo tão arregalado que os olhos quase engoliam a boca. Velhos e moças, crianças e mulheres, até as grávidas, todos se engalfinhavam disputando pedaços de galhos, puxando para cá e para lá, arrastando, cortando a faca e a canivete, torcendo, mordendo, até que cada galho ia sumindo aos pedaços. Cada um que conseguia seu pedaço, por mais fino que fosse, corria para casa — e logo voltava correndo. A praça rugia.

O bêbado de Felicidade encostou na caminhonete:

— Capaz de chover, hem.

— Capaz.

— Então me paga uma pinga.

— Minha mulher diz que você vai morrer de tanto beber.

O homem estava com pés de elefante, os olhos mal abriam na cara inchada, mas ainda conseguia piscar com malícia:

— Quem dá, dá se quiser. Quem recebe, gasta no que quiser.

O açougueiro pensou um pouco, enfiou a mão no bolso, deu dinheiro. Uma nota rolou no vento entre eles, e não viram. O bêbado se afastou, tropeçando, o açougueiro olhou a praça: agora só restava o tronco enraizado da árvore, e logo foram surgindo pás, picaretas e enxadões. Os homens começaram a cavucar com as mulheres em volta, e conforme cavavam, elas arrepanhavam os vestidos no meio das pernas, prontas para se apinchar no primeiro pedaço de raiz, enquanto os homens gritavam que tinha gente demais em volta, que alguém ainda acabava levando uma picaretada, e se ensopavam de suor cavando com fúria, como se o toco fosse fugir chão abaixo.

O toco foi estraçalhado. Depois começaram a estraçalhar as raízes, puxadas da terra como mandioca; e de novo se formaram turbas rolando pela praça atrás de cada pedaço. Alguém agarrava um pedaço no peito e fugia aos trambolhões, o povo correndo atrás com unhas e dentes, até que o pedaço de raiz se espedaçava mais, de modo que até crianças corriam com seus pedaços, perseguidas por outras crianças entre cachorros assustados, enquanto mulheres e homens cavucavam, agora com as mãos, até as raízes mais finas, das pontas, das pontas das pontas. Depois começaram a peneirar a terra, até o último pedaço, até que foram todos para casa cuidar das feridas e plantar as raízes e galhos da árvore que deu dinheiro.

Então o açougueiro rodou até o açougue, descarregou as carnes, abriu a porta e não apareceu ninguém. Todos cavucavam valas nos quintais, ou recolhiam esterco nos pastos para adubar a terra, e no fim da tarde ainda regavam as mudas plantadas, olhavam contra a claridade as notas achadas de manhã: eram todas verdadeiras, com número de série, assinatura do ministro e as Armas da República em marca d'água. Sim senhor, eram verdadeiras; eram sim — ou a própria vida seria de repente um sonho? Olhavam de novo, era realidade: uma árvore tinha dado dinheiro em Felicidade!

Trombavam zanzando pelos quartos, pegando e largando coisas como se fossem partir de viagem sem saber para onde. Cada família combinava como erguer mais a cerca ou cimentar cacos de vidro no muro, para proteger as árvores que dariam dinheiro. Casais brigavam:

— Não rega mais que eu já reguei.

— Água, melhor sobrar do que faltar.

— Vai afogar a muda, mulher!

— De planta, eu entendo! Tira a mão!!

Outros faziam promessa:

— Se der dinheiro, prometo as três primeiras notas para Nossa Senhora da Aparecida.

— E se der só três?

O açougueiro pegou a vara de pescar e pescou o dia inteiro. De noitinha voltou para casa, a mulher picava alguma coisa na tábua de carne.

— Que é isso?

— Palha de milho e casca de banana.

— Nunca vi cozinhar isso.

Ela parou olhando bem para ele:

— Tá louco? Onde já se viu cozinhar palha?

— Nem comer nem cortar — ele falou procurando a janta no fogão: não tinha janta.

— Você não sabe o que está acontecendo, homem de Deus?

— Desconfio: está todo mundo ficando louco.

— Ninguém está ficando louco, homem de Deus! Nós vamos é ficar ricos, isto sim!

Ela falou saindo para o quintal, foi despejar a palha e as cascas nas covas.

— Pra adubar — explicou, suspirando e olhando cada cova, como se olhar também adubasse.

Aí tirou do decote metade duma nota e mostrou ao marido. Ele pegou, olhou.

— Onde você conseguiu?

Ela olhou para ele como se fosse a primeira vez na vida que via aquele homem.

— Então você não sabe que a árvore da praça deu dinheiro?

Ele fuçava no forno procurando comida, falou sem se virar:

— E você acreditou nisso?

Ela quase esfregou a nota na cara dele:

— E isto aqui o que é?

Ele achou batata-doce assada, falou com a boca cheia:

— Se estava dando dinheiro, por que acabaram com ela?

A mulher falou como se enfiasse as palavras na cabeça dele:

— Pra plantar, homem de Deus!

Então ele disse que ia fritar uns ovos, precisava comer e dormir:

— Amanhã vai ser um novo dia.

Eles que plantassem árvores à vontade, inclusive as que davam dinheiro:

— Quanto mais árvores no mundo, melhor.

Nessa hora todos já tinham tirado as roupas melecadas de terra e suor, tinham tomado banho e agora arriscavam botar a cara na rua com roupas limpas e boas-noites. Olhavam os arranhões uns dos outros e baixavam a cabeça, não falavam nada. Olhavam a cratera na praça como se fosse feita por um disco voador, como se cada um achasse que só ele tinha visto e que ninguém ia acreditar na história.

Um menino começou a falar: — Eu que descobri que a árvore dava dinheiro — mas levou logo um tapa na cabeça. — Cala a boca, infeliz! — e não se falou mais no assunto.

Na noite seguinte as crianças brincavam de novo na rua, os velhos botaram cadeiras na calçada e as mulheres batiam palmas no açougueiro para encomendar carne. Assim, um dia depois do outro e uma noite no meio, o tempo foi passando; ou melhor: as árvores foram crescendo. Todas elas.

Nenhuma muda morreu, todas brotaram em menos de uma semana, e um bosque começou a crescer nos quintais.

Marido e mulher deram de afastar os pratos depois da janta, para rabiscar planos e contas na madeira da mesa: tinham plantado tantas árvores e, se cada uma desse uma média de tantos cruzeiros em um ano, eles derrubariam a casa, cômodo por cômodo, ano a ano, construindo pouco a pouco uma casa nova.

— Com azulejo do chão até o teto, na cozinha — dizia a mulher, olhando o futuro através das velhas paredes.

— E no banheiro também — dizia o marido.

— No banheiro não, nos banheiros. Que custa um banheiro a mais? Eu sempre quis uma casa com dois banheiros... mas minha opinião nunca valeu nada.

— Então tá bom, dois banheiros. É que eu queria uma garagem...

— Pra quê? A gente não tem carro!

— Estou pensando em comprar um, usado.

— Meu pai sempre disse que carro usado é bom pra quem gosta de oficina.

— Então a gente compra um novo, pronto.

— Por falar em comprar coisa nova...

A mulher corria o olhar pelos móveis.

— ... que você acha de trocar essa velharia?

Mas o marido nem ouvia, estava também com o olhar perdido no futuro; de repente voltava com os olhos brilhando:

— Quer saber duma coisa? Bobagem construir a casa nova aos poucos; melhor é derrubar tudo duma vez e construir depressa com dinheiro na mão.

A mulher piscava assustada com a ideia:

— Mas onde a gente vai dormir enquanto isso?

O marido abanava a cabeça desacorçoado: ela precisava entender que com dinheiro na mão era tudo diferente:

— A gente sai de viagem. Vamos conhecer o país todo...

— ... ou o mundo todo, de avião!

E assim os casais viajavam nas casas depois da janta; os moços pediam pelo Correio catálogos de excursões pelos sete mares; e as moças pediam revistas de modas, folhetos de perfumes e de joias. Velhos olhavam um canto da sala e apontavam o dedo rugoso:

— A televisão vai ficar bem ali.

O motorista do táxi encheu o tanque, foi até a capital ver carros novos para comprar. E nos sábados e domingos o ônibus deu de correr lotado: os felicenses iam ver preços e vitrinas nas outras cidades. No caminho iam perguntando uns aos outros, como quem não quer nada, que preço o compadre queria na chácara perto do rio; e, se fosse vender um dia, quanto a comadre ia pedir pela geladeira usada; ao que a comadre respondia que, dependendo de uns negócios em vista, quem sabe até desse de presente a geladeira velha...

O motorista do ônibus morava em outra cidade e ia ouvindo, sempre com um sorrisinho; e às vezes falava para si mesmo:

— Só se a cidade toda ganhar na loteria...

Na outra cidade, felicenses perguntavam o preço de tudo, comparavam marcas e planejavam casas em papéis de cigarro, em guardanapos de bar e depois em papéis cada vez maiores: as casas começavam com dois quartos, terminavam mansões. Enquanto isso, choveu uma semana, depois saiu um sol de cozinhar miolo; as árvores cresciam furiosamente.

Dava até medo ver como cresciam: hoje três folhas, amanhã mais cinco, doze depois de amanhã; e cada folha virava galho com mais folhas, enquanto os troncos engrossavam com uma casca cada dia mais rugosa.

Gente começou a faltar no emprego.

Um belo dia, um bar amanheceu de porta fechada.

Depois, a sapataria.

Um dos armazéns.

Nos quintais, as árvores já se roçavam; e na sombra delas foram murchando laranjeiras e limoeiros, hortas e caramanchões.

Outro bar amanheceu de portas fechadas; o dono preferiu botar uma cadeira no quintal e ficar vendo os galhos: na ponta de um deles abriria a primeira flor, e então ele queria estar bem ali.

Depois outro armazém fechou as portas, mas o dono não foi esperar sentado; foi encomendar caixas de bacalhau, sacas de feijão e arroz, açúcar, chocolates, mantas de carne-seca, latarias e guloseimas como nunca tinham visto mesmo no tempo dos tropeiros. O dono do outro armazém viu um caminhão descarregando as encomendas, pensou um pouco e logo foi ele também fazer compras: tudo que o outro trouxe, e mais cerejas em calda, azeitonas recheadas, vinhos, patês, vidros de cogumelos, conservas e cremes, e toda miudagem de comer e de vestir que ocupasse pouco espaço nas prateleiras.

Depois que descarregou e arrumou tudo, ficou olhando o estoque na penumbra, esfregando as mãos. Tinha se endividado até a alma, mas as árvores logo dariam dinheiro e... Estendeu no chão uma faixa de pano e escreveu com capricho letras enormes. No dia em que começasse a correr dinheiro em Felicidade, ia levantar as portas com alto-falante tocando música e estender a faixa lá fora:

GRANDE ESTOQUE DE NOVIDADES!!

E, esperando novidades, quem estava noivo achou melhor esperar mais uns tempos antes de casar.

Quem estava doente esqueceu a doença, porque logo poderia se tratar.

Quem tinha inveja esqueceu, porque logo ia ter tudo que quisesse; e quem tinha ódio começou a perdoar: não tinham mais tempo nem para odiar.

Era preciso escrever rol de roupas para comprar, listas de preços de móveis; e colecionar propagandas de automóveis, liquidificadores, batedeiras de bolo, aspiradores de pó, rádios, toca-fitas, exaustores, espremedores de laranja, escovas de dente elétricas e tudo que as revistas anunciavam.

— Quem nunca teve nada... — disse o bêbado ao açougueiro — quem nunca teve nada compra até desentortador de banana.

E, com medo de o povo ir gastar nas outras cidades, agora todos os comerciantes faziam estoques, para pagar a prazo. Mas até lá... esfregavam as mãos, faziam faixas de propaganda:

A ÁRVORE DÁ DINHEIRO, NÓS DAMOS DESCONTO!

Meninos espiavam pelas frestas, iam contar aos pais a propaganda dos concorrentes.

QUEM VÊ PREÇO NÃO VÊ QUALIDADE!

A portas fechadas, os comerciantes trabalhavam com fúria: as árvores já estavam abrindo botões! O açougueiro foi comprar um fósforo no bar, estava fechado, o outro bar também, e no outro o dono estranhou:

— Só fósforo?

E nem quis cobrar, fechou o bar e foi para o quintal olhar as árvores, roendo as unhas. Metade de Felicidade rezava, metade roía as unhas. No meio das duas metades, o bêbado batia de bar em bar. O açougueiro consolou:

— Deixa pra beber amanhã.

O bêbado: — Amanhã é outro dia.

E foi a pé até a outra cidade, resmungando; era bêbado mas tinha princípios:

— Hoje não pode ficar pra amanhã.

Em Felicidade, todos olhavam as árvores: amanhã...

As flores

Não ventou no dia em que as árvores deram flores. O dia estava parado como o ar dentro de um relógio; as ruas desertas, todo mundo de porta fechada. O sol subiu na cabeceira do rio e baixou sua luz sobre Felicidade, debaixo do céu inteiro azul; mas ninguém viu, todos olhavam o dinheiro florindo nas árvores. Roíam o que tinha sobrado das unhas; parecia que as notas levariam anos para cair de maduras e prontas para o comércio.

O açougueiro subiu na caminhonete, deu a partida e reparou que estava numa cidade deserta; só um cachorro cruzava a praça, o sol cintilando na pelagem negra. O açougueiro ficou olhando, estava um dia bonito demais. Então olhou uma mangueira que era sempre a primeira a florir todo ano, e estava florindo:
— Chegou a primavera! — falou sozinho e procurou alguém a quem contar aquilo.

O cachorro olhava para ele.

— Chegou a primavera — disse baixinho ao cachorro: se alguém ouvisse, podiam pensar que estava ficando louco.

Enquanto isso, Felicidade enlouquecia de impaciência: todos nos quintais, de olho nas flores atravessadas de sol, com reflexos coloridos no chão; e assim pareciam árvores enfeitadas de promessas. Nas notas, começando a abrir, as figuras históricas pareciam sorrir.

Todos olhavam com os olhos duros, sem piscar; quando os olhos secavam tanto que ardiam, então piscavam depressa.

Mulheres em pé torciam as mãos no avental.

Homens trançavam barbantes nos dedos, fumavam um cigarro depois do outro, ou ficavam afiando canivetes para cortar cavacos de pau de vassoura, até o pau virar toco.

Velhos picavam fumo até encher a mão, enrolavam cigarros com capricho.

Velhas ajoelhavam nos oratórios, mantilha na cabeça e terço nas mãos; e as moças, que antes viviam nas janelas da rua, agora ficavam nas janelas do quintal olhando as árvores.

Crianças levavam coques na cabeça, tapas na bunda:

— Deixa eu pegar aquela nota, mãe.

— Nem pensa em relar nela, moleque encapetado!

As notas precisavam cair de maduras, prontas, inteiras, perfeitas; e então esperavam como um povo antigo com religião de adorar árvore.

O açougueiro era um herege: atravessou a cidade com a caminhonete roncando e tossindo, como quem entrasse assobiando numa igreja em plena missa.

Quando voltou, de longe viu uma porta abrindo, e um homem saiu depressa. Mal saiu, a mulher saiu atrás agitando uma nota:

— Deu mais uma!

O homem comandou:

— Então você vai no açougue, eu vou no armazém.

A mulher viu a caminhonete parando no açougue; correu, agarrando o vestido na frente das pernas, chegou tropeçando nas palavras:

— Um filé... por favor, me veja rápido um filé!

O açougueiro ainda descarregava as carnes.

— Calma, dona, parece que vai tirar o pai da forca...

A mulher ainda agarrava a barra do vestido, pronta para voltar correndo:

— É que eu tenho pressa, o senhor me veja logo o filé.

O açougueiro suspirou, foi abrir a porta do açougue; e enquanto caçava a chave do cadeado, ouviu que batiam portas na cidade: uma aqui, outra ali, e gente saía com pressa.

— Que que deu em todo mundo de levantar tão tarde?

A mulher se agoniava:

— Pois é, é tarde, me veja logo o filé.

Um homem chegou sem dar bom-dia, perguntou que carne tinha.

— Comprei meio boi — disse o açougueiro. — Tem carne de todo tipo.

— Tem filé?

A mulher pulou: — O filé é meu!

O açougueiro coçava a cabeça: — Vocês sabem o preço do filé?

— Não interessa o preço — disse a mulher.

— Então o contrafilé é meu — disse o homem, agarrando o braço do açougueiro, que suspirou:

— Antes ninguém queria filé nem contrafilé...

— E alcatra, tem alcatra? — a mulher agarrou no outro braço, enquanto ele vestia a capa ensanguentada para descarregar o traseiro, a costela, o dianteiro. A mulher e o homem iam atrás:

— Também vou levar um pouco de alcatra.

— E me veja também umas costelas.

O açougueiro pendurou as carnes, tirou a capa e vestiu o avental, afiou a faca.

— A alcatra está encomendada desde ontem, dona.

A mulher estendeu a nota novinha:

— Eu pago mais.

O açougueiro afiava a faca.

— Não é questão de preço, dona.

— Mas o senhor vai ganhar mais!

— Encomenda é encomenda, dona. Tem visita em casa?

A mulher apertava a nota na mão suada.

— A gente resolveu matar a vontade de carne.

— Mas não vá se matar de comer, dona.

Atendeu os dois, ia bocejar, entrou uma mulher com as mãos apertadas na frente do peito:

— Tem filé? E contrafilé? E coxão mole? Então me dá.

O traseiro do boi estava pendurado, e o açougueiro tirou o coxão com uma arte de médico, deitou no cepo a carne sangrenta.

— Quantos bifes, dona?

— Tudo.

Ele pesou: — São seis quilos, dona...

Ela abriu as mãos, estendeu uma nota novinha. Ele embrulhou o coxão, ela agarrou logo e jogou a nota no balcão:

— Pode ficar com o troco.

Assim começou o Dia da Inflação, até que de noite uma mala de dinheiro não conseguia comprar uma caixa de fósforos.

Primeiro saíam de casa com uma ou duas notas na mão, compravam, voltavam correndo e se abraçavam diante das compras, abriam os embrulhos para ver se era mesmo verdade. Voltavam aos quintais e não tinham mais que esperar: as árvores despejavam dinheiro; as crianças catavam, gritando e pulando.

Depois saíam com listas de compras e maços de notas; o marido subia a rua, a mulher descia. Os armazéns tocavam música, os comerciantes atendiam com toda a família:

a mulher vendendo os panos e aviamentos, ele vendendo as bebidas e comidas, as crianças vendendo os doces; e, quando encheram as caixas registradoras pela segunda vez, começaram a enfiar as notas em caixas de papelão. Os felicenses entravam sem perguntar preço, apontavam:

— Quero aquilo.

— Uma dúzia disto. Não, duas dúzias.

— Que é aquilo lá?

— Peixe defumado.

— Dá um quilo. E aquilo?

— Salmão em lata.

— Me dá duas. E aquilo?

— É o tal de caviar, só pra enfeitar prateleira; é muito caro.

— Me dá uma lata; não, três.

— Mas o senhor já comeu caviar?

— Não, mas vou comer até enjoar.

Entrava uma menina com caixa de sapatos:

— Enche de pirulito.

Um menino com um saco:

— Vende bala por quilo?

Um velho:

— Eu quero um canivete, um rolo de fumo, duas calças, duas camisas, duas cuecas, quatro meias, um par de sapatos e um paletó.

— Só?

— É a maior compra da minha vida, filho!

Uma mulher:

50

— Aquele vestidinho amarelo, fazendo o favor.

— Embrulho pra presente?

— É pra mim mesma.

— A senhora desculpe, mas esse vestido não cabe na senhora.

— Não faz mal, é só pra ficar olhando... e lembrando.

E, quando só restava uma dúzia de garrafas num armazém, um homem arrematou as doze e foi para a rua vender pelo dobro:

— É só aqui, gente: são as últimas!

Os comerciantes pararam de vender por quilo e dúzia, e dobraram os preços de tudo. Ninguém reclamou.

A preços velhos, o açougueiro já tinha vendido tudo, mais depressa que nunca. Chaveou a porta, encheu o cantil com vinho, pegou a vara, meteu o enxadão na terra e encheu uma lata de minhocas, tomou o rumo do rio. A cidade trepidava. Em alguns armazéns os donos levantavam as mãos para o céu; todo mundo queria comprar de tudo.

— Me dá aquele chapéu. É o último?

— Tem mais no estoque.

— Então me dá dois.

— Mas o senhor nunca usou chapéu!

— Quem sabe começo a usar e gosto; então me dá logo três.

As crianças continuavam a catar notas nos quintais. No começo, com medo, enfiavam umas no bolso, em vez de enfiar nas gavetas da casa; e, então, com o peso da culpa, até pararam de pular de alegria. Depois, quando enchiam as gavetas e estufavam os bolsos, saíam pela rua com os cabelos voando, entravam como vento nos bares:

— Dá bala!

— Chocolate! Do grande!

— Mais um guaraná!

Os comerciantes aumentavam os preços.

Até que, meio-dia em ponto, a igreja badalou mas ninguém lembrou de almoçar; todos corriam para cima e para baixo com dinheiro e embrulhos, notas saindo pelos bolsos. Os pais cruzavam com os filhos lambuzados de doce e sorvete, e os comerciantes remarcavam gritando roucos:

— Lata de sardinha agora a 200!

— Mas comprei por 60 hoje cedo!

— Isso foi hoje cedo, agora é 250.

— Ladroeira! Então me vê mais meia dúzia.

— Pra meia dúzia, sai 300 cada uma.

— Então me vê uma dúzia.

— Cada uma 400.

As prateleiras esvaziavam. Velhos andavam curvados ao peso de embrulhos. Meninos sentavam na sarjeta com doce numa mão, a outra cheia de balas, pirulito no bolso, guaraná no meio das pernas. Meninas compravam pacotes e pacotes da bolacha que dava anéis de brinde, e enchiam de anéis todos os dedos. Moças varejavam na loja de tecidos, entrando e saindo com panos e rendas; a cidade se coloria: paravam na rua para mostrar as compras, conversavam depressa e continuavam, formigas em piquenique. Mal botavam os pés em casa, saíam correndo com mais dinheiro.

O pedreiro de Felicidade saiu de casa com o velho carrinho de mão, amassado e manchado de cimento. Voltou com o carrinho cheio de compras, foi parado na porta de casa por um homem com fama de pão-duro:

— Quer vender?

— As compras?

— Não, o carrinho.

Outro homem entrou na conversa:

— Compro tudo.

E começaram a discutir preço, o homem abriu uma caixa cheia de notas:

— Fica com todas.

O pedreiro pensou um pouco, cuspiu de lado, arriscou:

— Duas caixas.

Um dos filhos do homem vinha com outra caixa:

— Enchi mais uma, pai.

O pedreiro entregou o carrinho com tudo, entrou em casa, abriu as caixas na mesa:

— Você já viu tanto dinheiro, mulher?!

— Já. Desde que você saiu, a árvore deu mais que isso. Cadê as compras?

Meio-dia os homens já tinham comprado mantimentos, ferramentas, tralhas de pesca, sapatos, roupas;

então começaram a procurar. Lembraram da serraria: compraram tábuas, vigas, caibros. Alguns desceram pela beirada do rio, foram comprando os botes dos sitiantes e chacareiros. Dois entraram numa chácara. O chacareiro era um coitado de pés no chão e dentes pretos, encostado na enxada.

— Tem arroz pra vender? — o primeiro homem pegou num braço dele.

— E feijão, tem feijão? — o segundo homem pegou no outro braço.

Ele piscou, pensando, gaguejou:

— Tem, tem duas sacas de arroz...

— Eu compro uma — e o primeiro homem encheu de dinheiro a mão do chacareiro.

— Eu compro a outra — e o segundo homem encheu a outra mão.

Um frango passou ciscando.

O primeiro homem: — Quanto quer pelo frango?

Apareceu uma galinha rodeada de pintinhos.

O segundo homem: — Eu levo a galinha!

Iam botando dinheiro nas mãos do chacareiro; ele apertava a dinheirama no peito, a enxada quase caindo.

Viram umas laranjeiras carregadas:

— Eu compro.

— Eu também compro.

O chacareiro falou que nem eram pra vender aquelas laranjas, era laranjeira nascida de semente cuspida por ali; mas os homens não ouviam: já colhiam as laranjas, os bolsos entupidos de dinheiro, dinheiro socado nas camisas. Por que pagavam tanto por laranjas ainda verdes?

Então o chacareiro correu em casa. As crianças brincavam no chão, melecadas de ranho e terra, e viram o pai erguer o colchão, enfiar dinheiro na palha e sair depressa. A mulher mexia no fogão com olhos vermelhos de fumaça; perguntou que é que ele tinha, ele nem teve tempo de responder: ia ganhar muito dinheiro!

Voltou correndo para perto dos homens, aí perdeu a pressa, falou devagar:

— Essa carga de laranja eu ia guardar pras crianças...

Os homens deram mais dinheiro.

— Seja o que Deus quiser — disse o chacareiro coçando a cabeça. — Só quero ver como vão levar tudo isso.

O terreiro ia ficando coalhado de laranjas.

Então eles compraram do chacareiro um carrinho de mão, dois sacos de estopa, uma abóbora; e o pilão, a foice, o machado, a enxada. Iam saindo com o carrinho cheio e os bolsos vazios, o chacareiro lembrou:

— E o frango e a galinha?

Os homens mediram a situação: o frango e a galinha, só levando mortos.

— Minha mulher mata — disse o chacareiro...

Baixou a vista, catou um cisco no chão.

— ... mata mas cobra.

Os homens remexeram nos bolsos: não tinham mais um tostão. Então cercaram a galinha num canto, os pintinhos alvoroçaram; um pegou e passou para o outro:

— Mata, é só puxar o pescoço.

— Eu seguro e você puxa.

— Seguro eu, puxa você.

Até que voltaram ao chacareiro: ele fizesse o favor de matar a galinha e o frango, já tinha ganhado dinheiro como nunca na vida. O chacareiro continuava agachado, mexendo ciscos no chão:

— Por isso mesmo, de repente fiquei rico. Mulher minha, agora, só trabalha ganhando bem.

Os homens voltaram para a cidade. O chacareiro entrou em casa correndo:

— Mata o frango e a galinha pra gente comer na estrada, mulher, e vambora!

— E os pintinhos, homem?!

— Esquece os pintinhos, mulher, a gente ficou rico!

Ergueu o colchão, mostrou a dinheirama, os bolsos cheios:

— Vou comprar terra, vambora; vai fazendo a trouxa, mulher!

E pegava o dinheiro, largava, pegava de novo.

— Vendi até a enxada; nunca mais na vida vou ser empregado...!

Logo estavam na estrada, a caminho duma vida nova.

Passaram pela cidade de olhos arregalados: gente corria com os braços cheios de mercadorias, e nos armazéns quase vazios os donos trepavam no balcão comandando o leilão:

— O último pacote de açúcar, quem dá mais?

— Dou 500!

— 600!

— 750!

As veias saltavam no pescoço do leiloeiro:

— 750 pelo último pacote! Quem dá mais? Quem dá mais?!

— 800!

Entrava alguém com sacola cheia de dinheiro fresquinho:

— Dou 5 000!

E já abraçava o pacote de açúcar, enquanto o leiloeiro ia ficando rouco:

— Dou-lhe uma... 5 000! Dou-lhe duas...

Mas três homens se ajuntavam num canto, juntavam o dinheiro dos três e um gritava no último instante:

— 6 000!

O leiloeiro esganiçava:

— 6 000 no último pacote de açúcar, quem dá mais?!?

Penduradas no teto, as marmitas esperavam sua vez, junto com vassouras, penicos e panelas; eram as últimas mercadorias. Afinal, quem ainda queria cozinhar em casa ou comer de marmita? As prateleiras já estavam vazias. Nos fundos, a dona do armazém ajudava o marido: enchia caixas de sapato com dinheiro, ia empilhando. De repente começou a abrir as caixas cheias, começou a apertar dinheiro no peito, de olhos fechados, começou a chorar de felicidade.

Acabavam os estoques, os felicenses compravam o que sobrava.

— Que que são aquelas caixinhas?

— Agulhas.

— Me dá duas caixas, ou três.

— Mas tem duzentas agulhas cada caixa.

— Me dá quatro. E meia dúzia de penicos.

E assim uma casa ficava cheia de agulhas, outra cheia de botões.

Aqui, muito pano e nenhuma linha. Ali, muita linha e nenhum pano.

Muito sapato sem meia. Muita meia sem sapato.

Caixas de purgante numa casa. Na outra, dúzia de penicos.

Um menino andava pela rua com dois relógios, um em cada pulso. Cruzou com outro menino com dois relógios num pulso só.

— Quer vender um?

— Também quero comprar mais outro.

— Então me diz a hora.

— Ainda não aprendi.

Numa casa, uma dona sentou diante de vidros e vidros de conservas e geleias, pegou uma dúzia de colheres novas e suspirou:

— Vou experimentar de tudo um pouco.

Começou a destampar vidro depois de vidro, fechando os olhos a cada novo sabor, e suspirando; até que sujou todas as colheres. Teve de lavar todas de novo, suspirando:

— A gente precisa duma lavadeira de louça.

Um homem experimentava um molinete na rua.

Lançava a chumbada longe, depois recolhia girando a manivela — e, quando o anzol agarrava nos paralelepípedos, ele fingia que era peixe, fazia pose com a vara encurvada. Ficou horas assim. O açougueiro não aguentou ficar sem perguntar:

— Por que você não vai pescar no rio?

— Lá dá muito enrosco.

— Mas aí não dá peixe!

O homem estava feliz feito criança com brinquedo novo:

— Eu não quero peixe, mas sempre quis um molinete.

Uma mulher calçou sapatos novos, botou na cabeça um chapéu novo e saiu pela rua com um vestido velho.

Um velho desfilava de camisa florida, pisando em ovos com botas novas; lenço no pescoço, chapéu de vaqueiro, calça rancheira. Os outros velhos custavam a crer:

— Desmiolou, compadre?

Ele explicava que não; sempre tinha sonhado ser fazendeiro:

— Agora já tenho a roupa pelo menos.

Batedeiras de bolo e liquidificadores giravam nas casas.

Um rapaz andava gravando conversas no gravador novo; depois sentava no meio-fio para ouvir, juntava gente para ouvir também.

Gente fazia as malas para viajar.

— Por que ir pro Norte se a gente pode ir para os Estados Unidos da América do Norte?

Faziam as contas: não custavam tão caro as passagens e, afinal de contas, as árvores continuavam a dar dinheiro!

Mas, naquele mesmo dia, quando o açougueiro voltou do rio com sua fieira de peixes, os felicenses começaram a perceber que — mesmo com todo aquele dinheiro — era preciso trabalhar.

— Não vamos passar a vida comprando bugigangas nesta cidadezinha — disse um homem depois de se empanturrar com as comidas, já meio bêbado de bons vinhos e enfiado dentro de roupas novas.

— Claro que não — disse a mulher, e começou a fazer as malas.

— Só vamos levar roupa nova — disse o homem.

— E o resto das coisas?

— A gente passa a chave na porta e deixa tudo aí.

Telefonaram para os parentes perguntando por malas e sacolas — ou qualquer coisa que desse pra carregar dinheiro — e logo estavam todos empacotando dinheiro em todas as casas.

Encheram gavetas com dinheiro, e esvaziaram latas de açúcar e café para encher de dinheiro, e tiraram de cima dos guarda-roupas malas empoeiradas para encher de dinheiro, e de noitinha já acontecia uma caça geral a qualquer caixa ou sacola para dinheiro.

Começaram a cortar lençóis para sacolas.

Um homem entrou num armazém e pediu caixas de papelão. O dono contava dinheiro nos fundos, gritou que ele pegasse à vontade. O armazém agora era uma ruína de caixas, papéis, fitas, barbantes esparramados e prateleiras caídas. O último penico tinha sido vendido por uma fortuna.

Mas logo entrou mais alguém pedindo caixas, depois mais alguém ainda. O dono teve um estalo; escreveu uma placa e pendurou na fachada:

VENDEM-SE
CAIXAS DE PAPELÃO

Entrou, voltou logo e escreveu mais:

VENDEM-SE
CAIXAS DE PAPELÃO
PREÇO A COMBINAR

Logo os outros armazéns também vendiam caixas, e o cerealista botou na calçada uma pilha de sacos de estopa; acabaram num instante, e ele ficou com um saco de dinheiro.

Enquanto isso, as árvores davam dinheiro furiosamente.

As crianças catavam sem parar, entregavam ao pai, que ia separando em maços; a mãe costurava sacolas com lençol, forro de colchão, capa de travesseiro.

Todos trabalhavam sem falar, não era preciso: todos os sonhos tinham se afogado naquele mar de dinheiro, tudo que tinham sonhado era bobagem; podiam sonhar muito e muito mais, porque dinheiro não ia faltar, e se calavam diante de tanto futuro, engasgavam enchendo gavetas e vendo dinheiro pelo quintal, no assoalho, escapando para a rua.

Começaram a ensacar só as notas graúdas.

Um homem ia enchendo uma sacola, de repente começou a rir, não parava de rir; a mulher chegou perto ressabiada:

— Que que foi?

O homem ria, ria; ela ajoelhou de mãos juntas olhando para cima:

— Meu Deus do Céu, não deixa ele ficar louco logo agora.

O homem rolava em dinheiro, os olhos marejados de tanto rir, as mãos segurando a barriga, até que conseguiu falar:

— Que louco nada, mulher! Louco eu estava quando pensei em reformar esta casa!

A mulher suspirou aliviada, olhou as velhas paredes, os móveis mais do que velhos. Subiu numa cadeira, tirou da parede os retratos dos pais e dos avós:

— Sabe o que vou levar quando sair daqui? A roupa do corpo e isto, mais nada.

Sentou no chão forrado de dinheiro e também começou a rir abraçando os retratos. As crianças viram a mãe daquele jeito e também começaram a rir.

A vizinha botou a cara por cima do muro:

— Estão rindo do quê?

Ninguém conseguia responder, de tanto rir; então a vizinha também começou. O marido perguntou do que ela estava rindo, ela continuou a rir, jogando dinheiro para o ar, aí ele também começou.

Logo Felicidade toda estava rindo; e a risada de Felicidade ecoava pelos montes, descia o rio em cascatas de riso. Então o açougueiro entrou na cidade rindo também, encontrou o bêbado muito sério encostado numa garrafa:

— Tem alguma coisa errada.

Bebeu o último gole, tirou do bolso outra garrafa pela metade:

— Achei na rua. Tem alguma coisa errada.

Passou um cachorro com uma corda de linguiça na boca; o açougueiro ria:

— Se estão todos rindo, está tudo bem. Você não tinha ido embora?

— Voltei de sede — o bêbado se afastou tropeçando —, mas agora vou embora duma vez: tem alguma coisa errada.

As crianças de repente encheram a rua, rindo e pulando, e na igreja um menino se pendurou na corda dos sinos. Logo as beatas foram saindo das casas, cada uma com uma caixinha ou sacola, e nunca os santos receberam tanto dinheiro.

Ninguém percebeu que as árvores pararam de dar dinheiro.

Em casa, a mulher do açougueiro ensacava dinheiro e nem percebeu quando ele chegou. Não tinha comida, e ele saiu de fininho; sempre quis pescar de noite (dava muito bagre), mas a mulher nunca deixava. Então, naquela noite, foi para o rio com fome e feliz.

Quando todos cansaram de rir, lembraram que já tinha passado a hora da janta — e de repente tiveram saudade do arroz-feijão, enjoados de doces, guloseimas, licores e enlatados. Foram acendendo fogões, fuçando na geladeira.

— Por que esta cidade não tem restaurante?

— Porque não tinha dinheiro, ué.

— Então amanhã vamos comer fora da cidade.

— Vamos mudar daqui duma vez.

E fizeram a janta fazendo planos. As crianças andavam esquisitas pelos cantos.

— Vai já tomar banho, moleque! Já não mandei?!

— Mandou mas não fui.

— O quê? Pensando que já é homem só porque tem dinheiro?! Já te ensino!

E começaram a apanhar para aprender que nem tudo tinha mudado. Mas, depois da janta, um menino saiu pela janela, pulou quintais, trepou numa árvore, assobiou. Três sombras pularam os muros, três meninos treparam na árvore.

— Meu pai tá rico.

— O meu, milionário.

— O meu, bilionário.

— O meu, multibilionário.

— O meu, multibimilharquidário!

— Sabe o que você podia fazer com uma palavra tão comprida?

Uma janela abriu, uma mãe berrou para a noite: — Tonnnniiiiiinho!

Eles sussurravam na árvore:

— Não vou.

— Eu vou é fugir de casa. Encho uma sacola de dinheiro e...

— Quando você vai?

— Não sei; só sei que vou.

— Eu também vou.

— Então eu também.

Outra janela abriu, outra mãe chamou; logo, mais outra.

— Se não vier já, vai dormir de couro quente, moleque! É a última vez que eu chamo!

— Pode ficar! Mas quando o senhor voltar, já sabe...!

Na árvore, na beirada do rio, no fundo da igreja, nos esconderijos e nos telhados, os meninos sussurravam:

— A gente pega um trem, depois um navio, e some no mundo.

— E um avião.

— Mas vão deixar a gente viajar sem pai nem mãe?

— No trem a gente pode ir no teto do vagão, vi num filme.

— Com dinheiro a gente ajeita tudo.

E as meninas:

— Eu quero uma boneca que chora, fala *mamãe*, canta, dança e lava a louça.

— Eu quero um congelador em casa sempre cheio de sorvete.

— E se o pai comprasse uma sorveteria?

— Eu vou ser artista.

— Você é feia.

— Mas agora sou rica; vou ficar bonita.

As mães cansaram de chamar, apagaram as luzes, esperaram; eles não vieram. Um pai berrou, um menino apareceu.

Os outros continuaram firmes:

— Covarde.

— Eu também acho que é hora de dormir; cansei de catar dinheiro.

— Covarde.

— Covarde, é? Quero ver se você vai ter coragem de fugir amanhã.

Outro pai berrou, esperou, tornou a berrar; ouviram--se risinhos.

— Não sei mesmo se vou fugir. Tenho medo.

— Meu pai diz que com dinheiro não existe problema.

— Nunca viajei sozinho.

— Também nunca fui milionário.

— É, a gente devia ir.

— Quando?

— Depois a gente combina. Se eu demorar mais agora, meu pai pega a cinta do meu vô.

— É, tá na hora.

Nessa hora, o açougueiro passava de volta. Era quase meia-noite, mas Felicidade ainda estava acesa, e em muitos quintais havia lanternas e lamparinas ao pé das árvores:

— Que hora elas pararam de dar, você viu?

— Não.

— Nem eu. Que pena!

— Mas a gente colheu dinheiro para o resto da vida.

— Dinheiro nunca é demais.

— Quem sabe amanhã...

— Tomara!

— Por via das dúvidas, e se a gente plantasse outras?

— Onde? Essas aí tomaram o quintal todo.

O açougueiro passava com a fieira de peixes.

Uma janela abriu e uma mulher abriu os braços:

— Graças a Deus!

O açougueiro olhou para trás: com quem ela falava?

— Ainda bem que o senhor apareceu!

— Eu?

— É, imagine que, com essa correria, esqueci de comprar carne.

E saiu da janela, escapou porta afora com dinheiro na mão:

— Duas dúzias de lambaris e... quanto o senhor quer pelos bagres?

Outra mulher saiu, veio gritando:

— Duas dúzias pra mim também!

Eram bagres de dois palmos e lambaris gordos, brilhantes. Um homem parou perguntando o preço.

— Não é pra vender não.

O homem insistia: — Faça o preço, faça o preço.

As mulheres apertavam os peixes, cheiravam, escolhiam. O açougueiro afastou as duas, repetiu que não vendia.

— Se tivessem pedido, eu trazia de graça.

— Faça o preço — insistia o homem com maços de dinheiro.

— Meia dúzia só — pediam as mulheres, enfiando dinheiro na mão dele.

Outra mulher foi chegando com caixa de sapatos.

— Peixe pra vender?

E abriu a caixa cheia de dinheiro.

O açougueiro não sabia o que fazer com tanto dinheiro na mão, jogou para o ar; o homem e as mulheres agacharam catando, ele se afastou depressa.

Gente aparecia nas janelas:

— Quer vender?

— Compro tudo.

Ele entrou em casa, trancou bem a porta, fechou a janela, sentou suspirando. A mulher enchia de dinheiro um velho alforje. Ele olhou em volta:

— Tô com uma fome de cachorro corrido. Ainda não tem comida?

Ela nem levantou os olhos:

— Não.

Ele foi fritar os peixes, tropeçando em sacolas e caixas de dinheiro.

— Que que você vai fazer com tudo isso?

Ela continuava enchendo o alforje, enrolava maços de notas e enfiava com cuidado para caber bastante. Ele esquentou óleo na frigideira, de repente resolveu jogar os peixes no lixo:

— Amanhã o porco come. Iam me fazer mal, devem estar com mau-olhado.

Comeu um sanduíche, bocejou. Então a mulher falou:

— Cansei.

— Vai deitar também...

— Cansei desta vida.

E desabafou que ia mudar de vida, tinha dinheiro para fazer o que quisesse. Ele não; ele, como sempre, tinha enterrado a bunda no barranco igual um louco manso, pescando feito bobo o dia inteiro. Então que pescasse, pescasse até o fim da vida, não cansava de pescar, não era? Então, pescasse! Mas ela não, ela estava cansada, não aguentava mais lavar roupa, limpar casa, lavar louça, fazer comida, todo dia, todo santo dia, e todo dia ter que fazer tudo de novo; varrer para depois varrer de novo, lavar para depois lavar de novo, cozinhar para depois cozinhar de novo, um trabalho sem resultado, uma roda sem fim; não, não aguentava mais, estava cansada.

— Vou dar um jeito na vida.

— Você quem sabe. Eu só acho o seguinte... — ele começou; e não queria bocejar, mas acabou bocejando.

— Vai dormir, vai, amanhã você levanta e vai pescar — ela falou com a boca torta de desprezo.

Ele entrou no quarto, caiu na cama e, pela primeira vez em muito tempo, custou a dormir. Ouviu quando a mulher se ajeitou no sofá da sala, pela primeira vez no casamento. Mas suspirou:

— Amanhã é outro dia.

A igreja badalou meia-noite.

— Amanhã já virou hoje.

E dormiu sorrindo.

Nessa mesma hora o chacareiro passou na estrada com a mulher e as crianças. Estavam descadeirados de carregar trouxa de roupa e criança de colo. A lua cheia clareava e ele começou a cortar capim, falando com a mulher, mas, na verdade, falando para si mesmo:

— A gente dorme aqui hoje. Amanhã a gente continua até a outra cidade pra pegar o ônibus. Não sei pra onde. Vou perguntar onde tem terra pra vender.

De repente a mulher olhou a trouxa de roupa:

— Pra que carregar roupa velha? Amanhã a gente compra tudo novo na cidade.

Ele olhou para ela admirado: era verdade, eram ricos agora.

Ela abriu a trouxa e foi espalhando as roupas no chão. Para que cama de capim? Deitavam em cima das roupas, pronto.

— Isso mesmo, mas cuidado com o dinheiro.

A mulher cavucava o saco:

— Cadê o dinheiro?

— Botei aí!!

Começaram os dois a procurar. Reviraram, desmancharam a trouxa: o dinheiro tinha virado farelo entre as roupas.

Amanhecendo, voltaram com as crianças ainda tontas de sono, a trouxa de roupa nas costas.

Um comerciante ia atravessando a ponte com carroça cheia de caixas de dinheiro. O chacareiro viu as caixas, perguntou se o homem não tinha qualquer coisa de comer, fazia tempo que as crianças não punham nada na boca; na pressa, tinha deixado na chácara o frango e a galinha.

O comerciante ia armado de revólver e carabina, resmungou que não tinha nada. Dedo no gatilho, parou na beira do rio para a mula beber.

O chacareiro olhava todas aquelas caixas, sussurrou à mulher:

— Você que sabe ler, lê o que tem nas caixas.

A mulher soletrou: eram caixas de óleo, bacalhau, ervilhas em lata, chocolates. O comerciante viu os dois ainda rondando, enfiou a mão numa caixa:

— Comida não tenho, tenho dinheiro; é só catar na cidade.

O chacareiro franziu o nariz como se aquilo fedesse:

— Desse aí eu já tive um saco, esfarelou tudo.

O comerciante olhou para o dinheiro na mão: começava a esfarelar.

Logo a notícia se espalhou e todos pegavam uma nota de dinheiro, corriam até a ponte.

Até a ponte, o dinheiro continuava perfeito e lindo. Depois da ponte, esfarelava num minuto.

Quando o açougueiro passou de caminhonete, viu gente voltando de mãos caídas; uns choravam, outros olhavam para a frente sem ver coisa nenhuma; e, na beira da ponte, gente ainda olhava nas mãos aquele farelo colorido. O vento levava aquilo para o rio e os peixes enganados vinham bicar; logo viam que não era comida e voltavam para o fundo.

Tinham encomendado ao açougueiro oitenta filés, quatrocentos quilos de alcatra, cinquenta e sete contrafilés e novecentos quilos de costela para churrasco; e ele ia resmungando que a caminhonete não aguentava tanto peso, não ia aguentar. Quando viu aquela gente na ponte, parou para perguntar o que tinha acontecido.

Ninguém conseguia falar. Uns falavam sozinhos, outros ficavam olhando o rio, olhando; e uma velha ria sem parar ajoelhada no chão com um monte de farelo entre os joelhos.

— Hem, que que aconteceu, gente?

Olhavam para ele como se fosse um marciano.

— Hem, gente, que que foi?

Então um menino, ainda tão novinho que só queria brincar, mostrou uma nota na mão:

— Quer ver, quer?

E correu até o fim da ponte, voltou com farelo na mão.

O açougueiro atravessou a ponte com a caminhonete, abriu a caixa com o dinheiro das encomendas, viu o dinheiro se esfarelar. Mas umas notas velhas não esfarelaram.

— Como é que eu vou saber quem pagou com dinheiro bom?

Jogou os ombros para cima, ficou assim pensando, deixou os ombros caírem de novo e despejou o farelo no rio, embolsou o dinheiro e voltou para casa.

Na cidade todos varriam, porque as árvores voltaram a dar dinheiro.

Mais flores

Antes de as árvores darem dinheiro, o comércio era tão fraco que, quando alguém recebia chiclete de troco, levava para casa e guardava; ia juntando, até que um dia comprava alguma coisa e, na hora de pagar, despejava no balcão dúzias de chicletes. Assim, existiam chicletes que, de tanto ir e voltar, estavam duros de tão velhos — e por isso em Felicidade ninguém chamava um comerciante de pão-duro, mas de chiclete-duro.

Naquele dia, depois do dia em que as árvores deram dinheiro, os comerciantes amanheceram sem ao menos um chiclete nos estoques — e com tantas dívidas como nunca na vida: nunca tinham comprado tanto das fábricas. Então um fugiu com a roupa do corpo e outro pediu falência; e os outros, que tinham economias para recomeçar, encheram carroças de dinheiro e foram até a ponte achar dinheiro verdadeiro no farelo.

Depois despejaram todo o farelo na água, e a criançada via o rio descer coberto de escamas coloridas. Os comerciantes também ficaram olhando e, de repente, um dos mais velhos tirou os suspensórios, a camisa, os sapatos, as meias, e já tirava a calça quando perguntaram por quê.

— Porque vou nadar, ué, e quem nada de roupa é louco.

Ficou só de cueca, tão antiga que descia até o joelho, molhou o dedo na água para o sinal da cruz e pulou de cima da ponte. Três moleques pularam junto, mergulharam e saíram nadando. O velho ficou se debatendo, foi tirado pelos velhos e pelos meninos, tossindo água e tremendo de frio.

— Ficou louco?

Ele olhava para dentro, olhava longe:

— Eu pulava da ponte quando era menino.

E pulou de novo no rio.

— Sou um menino — gritava —, sou um menino!

Foi internado no mesmo dia, feliz da vida. De noite, depois de fazer de novo um balanço das dívidas, outro comerciante falou sozinho:

— Quem sabe eu também devesse virar menino.

A mulher ouviu:

— O quê?

— Nada. Quem sabe eu devesse nadar um pouco.

Saiu para a rua, e viu que outro sujeito ia na frente dele. Então olhou para trás e viu mais outro. Na ponte, outros já estavam de cueca olhando o rio; mas nosso homem foi o primeiro a entrar na água, sempre repetindo baixinho: — Quem sabe eu deva nadar um pouco, é só isso que eu devo.

Os outros foram atrás, pé ante pé no lodo da beirada, entrando na água até a canela, os joelhos, a cintura; então ficaram jogando água no corpo e falando cada um para si:

— Eu não devo nada a ninguém.

— Preocupação não paga dívida.

— Importante na vida é ter saúde.

— O negócio é tomar um banho e esquecer o resto.

Quando voltaram o dia ia nascendo, a igreja badalava e tinham resolvido: Deus pagasse as dívidas e ficasse com o troco. Deitaram e dormiram ouvindo as badaladas.

A igreja lotou de gente rezando, fizeram fila no confessionário; e nas ruas agora só se via gente varrendo e amontoando dinheiro para queimar. Mas, nos quintais, as árvores continuavam a dar dinheiro, forravam de notas os quintais.

Quando o ônibus parou e recolheu os arrependidos de volta para os empregos, o motorista estranhou tantas fogueiras. Deixou o motor ligado e desceu para beber no antigo bebedouro dos cavalos. Afastou com as mãos as folhas e ciscos da água; ia bebendo quando viu que não eram folhas: eram duas notas! Disfarçou, pegou uma, enfiou num bolso, pegou outra, enfiou noutro bolso. Olhou em redor, bebeu e voltou depressa, a tempo de ver o vento levar outra nota para baixo do ônibus.

Ele então pegou o martelo de roda, saiu batendo nos pneus, até que agachou olhando muito preocupado; deitou, enfiou meio corpo por baixo do ônibus. Um passageiro perguntou qual era o problema, ele levantou risonho enfiando a nota no bolso:

— Nada não. Vambora!

Mas nisso viu outra no chão, botou o pé em cima, agachou para amarrar os sapatos, catou — quando viu outra logo adiante, e mais outra. Aí foi catando, enchendo os bolsos: a praça estava coalhada de dinheiro! Ele pulava agachado de nota em nota, as crianças olhavam. Sentados no ônibus com as marmitas nos joelhos, os homens esperavam o motorista. Ele agora tinha parado na frente duma menina que pisava numa nota.

— Dá licença — ele pediu, puxando a ponta da nota; estava suando, os olhos arregalados e a respiração atropelada.

— Eu sei onde tem bastante — a menina falou.

Ele pegou nos ombros dela:

— Onde?

— Ali — ela apontou um monte de notas queimando.

O motorista tentou apagar com as mãos, depois tirou a camisa para abafar o fogo; então reparou numa mulher olhando da janela. Os homens olhavam do ônibus. As crianças olhavam, e ele ali agachado feito um bicho. Levantou se limpando, vestiu a camisa, foi até a mulher da janela:

— Dona, todo mundo aqui virou santo, pra jogar dinheiro fora? Ou é dinheiro falso?

A menina pegou na mão dele:

— Vem cá ver.

Atravessaram uma casa e, no quintal, ele ficou de boca aberta diante das árvores carregadas, pisando em dinheiro, vendo o cachorro mijar em dinheiro. Sentou no chão, abestado no meio daquela dinheirama, e então as crianças contaram para ele toda a história.

Depois pediu um copo de água, atravessou a praça esvaziando os bolsos, entrou no ônibus, sentou ao volante e, antes de tocar, deu uma olhadinha para trás:

— Vocês paguem a passagem só depois da ponte...

E partiu depressa para espalhar a novidade.

Era sábado e, de noite, faltou o sanfoneiro numa gafieira, o violeiro na outra. Felicidade tinha duas gafieiras vizinhas: uma de música assanhada para a moçada dançar até molhar a camisa, outra de música maneirinha para a velharada. Naquele sábado os músicos se juntaram num só conjunto, a moçada dançou com a velharada, tão alegres que a cerveja acabou antes da meia-noite: todos queriam brindar.

— À nossa saúde!

— Não existe vidinha melhor!

— Viva Felicidade!

E cavucavam os bolsos para beber a última: agora o bar só aceitava moedas.

Cedinho, no dia seguinte, um homem saiu de casa, bateu palma no vizinho:

— Bom dia. Vocês compraram muito sapato, não foi?

— Mais de vinte pares.

— Pois eu comprei muito pano, nem se viver mais cinquenta anos vou usar tanta roupa. Mas o sapato tá furado; então pensei numa troca...

E assim começaram as trocas. Quem tinha muita lataria trocou por arroz e feijão. Quem tinha muitas panelas trocou por comida para cozinhar nas panelas velhas. Quem tinha muitas agulhas ou penicos ficou sem ter com quem trocar. E quem tinha muitas conservas ia de porta em porta:

— Um vidro de azeitonas por um quilo de arroz.

Mas ninguém queria.

— Uma lata de salmão por um quilo de feijão.

Ninguém queria:

— Isso é comida de gente rica...

E assim passaram aquele dia trocando e trocando. Gente entrava e saía das casas levando e trazendo, e nas esquinas discutiam pesos e medidas; logo surgiram balanças, e a rua virou um mercado. Estendiam panos, enfileiravam sapatos e sacas de mantimentos na calçada; mantas de charque penduradas nas janelas, alumínios brilhando ao sol, brinquedos tomados das crianças para trocar por coisas de serventia, enquanto as moças escondiam nos baús os perfumes e sabonetes finos.

Quem queria um revólver antes tinha de trocar por cinco galinhas porque o dono do revólver queria galinha em vez de farinha, mas o dono das galinhas também não queria farinha, queria vinho; então o cidadão tinha que trocar a farinha por vinho, o vinho pelas galinhas, mas aí o revólver já tinha sido trocado por um casaco e duas calças, e o novo dono do revólver não queria vinho; queria camisas em troca de calças, e assim por diante. Mas tudo foi dando certo no fim das contas, dos pesos e das medidas.

Estavam tão entretidos nisso que nem perceberam quando foi chegando gente de carro, caminhonete, até de bicicleta, catando dinheiro e correndo até o rio para ver esfarelar. Depois iam embora contando a novidade pelos caminhos, e no outro dia começou a faltar rua para tanto carro em Felicidade.

De repente um carro brecou, guinchando os pneus. Saltaram um repórter e um fotógrafo; um começou a fazer perguntas e o outro a bater fotos. A gente de Felicidade começou a posar para as fotos: uma família rodeando um monte de dinheiro; moças varrendo dinheiro com sorrisos e gracinhas; crianças brincando num quintal forrado de dinheiro; um velho acendendo cachimbo com a nota mais graúda do país; e muita gente na praça jogando dinheiro para o ar.

Era meio-dia quando o fotógrafo parou com as fotos e o repórter desistiu de achar o plantador da primeira árvore. Chamou o fotógrafo num canto:

— Vamos dizer que foi plantada por um disco voador.

Entraram no carro e partiram buzinando; as moças acenaram das janelas e os meninos foram correndo atrás do carro até a ponte.

Depois do almoço apareceu um caminhão todo fechado. O motorista desceu, abriu a porta da carroceria. Lá dentro tinha máquinas, fios e painéis de controle. Um carro, da mesma cor do caminhão, parou atrás e desceram uns sujeitos apressados, foram tirando máquinas e estendendo fios.

— Chegou a televisão! — a notícia correu pela cidade.

Um sujeito saltitante começou a empoar e maquilar um sujeito muito sério, enquanto os outros saíram com câmeras para filmar nos quintais. Voltaram, o sujeito sério já estava todo empoado; formaram uma rodinha e conversaram, discutiram, até que ele enfiou o paletó. Os outros tiraram do caminhão uma câmera grande sobre rodas e botaram na frente dele, a igreja no fundo. Ele pigarreou, arrumou a gravata e começou a falar para a câmera:

— Estamos em Felicidade, um dos nossos mais pobres municípios e, desde ontem, o mais rico! Pelo menos, é o que pensaram os moradores quando muitas árvores, plantadas em todos os quintais, começaram a dar dinheiro!

Aí alguém gritou: — Corta! —, e pararam de filmar. Ele tomou um gole de água e, logo, formaram de novo a rodinha e conversaram, discutiram, continuaram. Quando a câmera começava a filmar, ele começava a falar:

— Sabe-se que as árvores vieram de mudas de uma primeira árvore, plantada na praça ninguém sabe por quem, e que começou a dar dinheiro. A árvore foi estraçalhada pela população para arrancar mudas, e cada família plantou as suas. As árvores deram dinheiro — e continuam dando!

— mas toda a população foi lograda...

E então a câmera rodou, mostrando toda a gente ali em volta, olhando na ponta dos pés e ouvindo com a mão no ouvido.

— ... pois as notas, quando saem do município, simplesmente esfarelam!

Ele parou de falar, mas a câmera continuou filmando a gente de Felicidade, com aquele olho negro de máquina olhando todo mundo e cada um; de modo que foram colocando a mão nos olhos, tapando o rosto, virando a cara e indo para casa.

Espiavam das janelas.

Na praça só ficou o açougueiro, mas logo a mulher foi buscar:

— Não fica aí fazendo papel de bobo.

Ele sorriu:

— Sou meio bobo mesmo.

E vieram jornais, televisões, rádios, repórteres do país e do mundo, policiais, escritores, botânicos, cientistas, políticos, falsários, curiosos profissionais e amadores, perguntando, fotografando, filmando, tornando a perguntar, anotando, tirando amostras das árvores, enquanto a gente de Felicidade se enfurnava nas casas com janelas fechadas e portas trancadas, as crianças proibidas de sair e falar com gente de fora.

Quando alguém botava a cara fora de casa, era só para ver se ia chover; e, se tinha de buscar alguma coisa, saía correndo e voltava correndo, sem olhar nem ouvir o enxame de repórteres:

— Que que a senhora comprou com o dinheiro?

— O senhor chegou a contar quanto dinheiro juntou?

— Se o dinheiro fosse verdadeiro, o que a senhora ia fazer?

— Que que o senhor vai fazer com todo seu dinheiro agora?

Não era só uma pergunta maliciosa, era também uma boa pergunta, porque as árvores continuavam a dar; os quintais já tinham um palmo de dinheiro cobrindo o chão.

O açougueiro continuava saindo de manhãzinha com a caminhonete caindo aos pedaços, voltava, abria o açougue, vendia, enfiava o dinheiro de cada compra num envelope com o nome do freguês, fechava o açougue, ia para o rio. Na ponte, abria os envelopes para ver se nenhuma nota tinha esfarelado, depois pescava até escurecer, voltava sem ser incomodado pelos repórteres. Todos já sabiam que toda pergunta ele respondia do mesmo jeito:

— Não sei de nada.

Mas, uma semana depois que as árvores deram dinheiro, ainda chegavam repórteres. Um dia o açougueiro ia saindo com a vara e a lata de minhocas quando começaram a filmar e um microfone apareceu na frente dele:

— Os habitantes de Felicidade — disse o sujeito do microfone, olhando a câmera — estão envergonhados, e a toda pergunta respondem da mesma maneira: *não sei de nada*.

Então se virou para o açougueiro:

— O senhor gostou de ser rico?

— Nunca fui rico. E não sei de nada.

O repórter voltou a falar para a câmera:

— Felicidade é hoje, portanto, uma cidade envergonhada.

— Não é vergonha não — o açougueiro sorria —, é que eu não sei mesmo de nada.

— Corta!

E assim a cara feliz do açougueiro apareceu nas televisões do mundo todo, e turistas do mundo todo começaram a viajar para ver as árvores que davam dinheiro.

Os cientistas chegaram primeiro, e viram que cada árvore era uma combinação de várias árvores: raízes de *Ficus*, ramificando como teias à flor do solo; folhas de *Cassia grandiflora*, no entanto grossas como papelão; e as folhas caídas tinham a capacidade de brotar no chão, enraizando e virando novas árvores; com galhos cascudos e tronco mais cascudo ainda, rachado igual terra seca; casca que engrossava como nas *Aspidosperma polyneuron*, até virar cortiça, que se despregava e caía em placas; então o tronco se descobria com cheiro de gaveta de pipoqueiro e chapéu de cego, cheiro de dinheiro; e a seiva era branca no tronco, amarelada nos galhos e colorida nas folhas; de modo que os cientistas estudaram, estudaram, compararam, tiraram amostras para os microscópios e para os testes químicos e radiológicos, e ficaram discutindo acampados em grandes barracas.

O açougueiro ouvia as discussões:

— Parece flor da *Pinus comunis*.

— Parece uma *proteácea*, isto sim. Veja o seguinte...

O açougueiro ia pescar e eles dissecavam mais uma flor, mais uma dúzia; centenas de flores passavam pelos microscópios. No fim da tarde, os cientistas sentavam em cadeiras de lona ao redor das barracas, para discutir tomando chá, e os meninos descobriram que engraxar sapatos rendia um bom dinheirinho. Engraxando as botinas do mais falador dos cientistas, um menino perguntou por que, no fim das contas, as árvores davam dinheiro.

O cientista parou de falar sobre as *proteáceas* e *eteceteráceas* e, piscando um pouco, disse que, bem, isso era outra questão.

— Quanto a isso, não sabemos nada. Mas as flores são, certamente, *proteáceas*.

Para os turistas, pouco importava. Importante era pegar maços de dinheiro, amarrotar, jogar para o ar, queimar, andar chutando dinheiro pela rua e, finalmente, enjoados de tanto dinheiro, rasgar as notas em pedacinhos. As televisões mostravam gente de todo o país rasgando dinheiro em Felicidade, e ninguém percebeu quando foram embora as barracas dos cientistas. Agora já chegava até gente de outros países, falando *plis merci danque arigatô*, e Felicidade amanhecia cada dia mais rodeada de barracas coloridas, todas despejando gente de bermudas e *shorts*, com máquinas fotográficas e crianças enxeridas, todos debruçando nos muros para ver nos quintais as árvores que davam dinheiro.

E os turistas traziam dinheiro; dinheiro de verdade.

E MAIS FLORES

A gente da cidade ia perdendo a vergonha. Janelas se abriam e, numa janela, uma mulher pendurou uma toalha de crochê para tomar sol: as árvores tinham sombreado todo o quintal, e ninguém ainda tinha ânimo para cortar. Então a mulher ficou vendo o movimento e até se sentiu mocinha, e falou para a filha:

— Felicidade tá assanhada!

A filha olhou:

— Parece até cidade. Graças ao dinheiro.

— Não fale mais essa palavra nesta casa! — o pai trovejou.

A filha perguntou se podia sair.

A mãe virou uma múmia, falando baixinho e seco, de modo a acabar com a conversa:

— Com a cidade assanhada assim? Nem pense.

E já ia fechando a janela, quando encostou um casal de turistas com roupas coloridas e sandálias tão novas que rangiam. Deram boa-tarde, pediram água por favor.

A mulher trouxe uma jarra e dois copos, pediu desculpa que a água não estava gelada:

— A gente não tem geladeira.

Os turistas bebiam e ela se sentia na obrigação de falar alguma coisa.

— Mas o importante é ter saúde, né?

A turista bebia. De repente parou engasgando e arregalando os olhos. A mulher enfiou depressa os dedos no copo para jogar água no rosto dela, aí recolheu a mão envergonhada:

— A senhora desculpe, é costume da gente; pra passar o engasgo.

A turista mal se desengasgou, pegou a toalha de crochê deitada na janela:

— Ai que maravilha, que coisa mais linda!

O turista pegou no braço dela:

— Então vamos indo. Obrigado pela água.

— Não há de quê. Desculpe o mau jeito.

A turista nem ouvia, admirava a toalha.

— Já pensou esta toalha na mesa da sala?

O marido tentava:

— Vamos indo.

— Espera um pouco, que agonia! A senhora não tem toalha assim pra vender, dona?

O turista suspirou:

— Quando ela enfia uma ideia na cabeça, eu logo enfio a mão no bolso.

Aí começaram a discutir, e a mulher ficou envergonhada de estar ouvindo; começou a aguar uns vasos. De repente, o turista chamou:

— Quanto a senhora quer pela toalha, dona?

— Não é pra vender não, o senhor desculpe.

O homem enfiou a mão no bolso, suspirando, tirou umas notas.

— Isto paga?

— Imagine! Não vale tudo isso não!

E quase se benzeu: era um dinheirão por uma toalha velha!

— Foi bordada pela minha finada mãe, mas é uma toalha velha.

— Então a senhora diga quanto vale.

A mulher se encolhia.

— Ah! não sei não, nem tenho ideia...

O turista botou o dinheiro na mão dela:

— Então isto paga.

Ela viu que era dinheiro velho, verdadeiro, fechou a mão. A turista pegou a toalha e saiu repetindo que maravilha, que coisa mais linda. A mulher ficou na janela com o olhar perdido; depois olhou para o fim da rua; lá adiante apareciam barracas coloridas, fumaça de churrasqueiras debaixo da ponte, e mais turistas vinham com roupas coloridas, sandálias novas, ombros melecados de creme e dinheiro no bolso.

Então ela virou ligeira para a filha:

— Vai na casa da vó, pega umas toalhas e diz pra ela fazer mais.

O pai esperou a filha abrir a porta, aí falou: — Fecha a porta.

A filha fechou a porta e ficou, os seios subindo e descendo de raiva. O pai falou para as paredes:

— Sair nesse movimento?

A mãe estava fuçando no quarto, gritou: — Pode ir sim, minha filha! — e voltou com toalhas, passou pelo marido falando baixinho:

— Não complica não, velho. Turista é tudo gente boa.

Estendeu uma toalha na janela, deixou a jarra de água bem à vista no beiral e ficou esperando. Quando outra turista perguntou da toalha, disse que era de estimação:

— Minha finada mãe quem bordava; só fiquei com duas quando ela morreu: eram onze irmãos.

A turista ficou muito sentida: — Eu queria tanto uma toalha assim — e perguntou se ninguém mais em Felicidade fazia crochê. A mulher respondeu depressinha:

— Se a senhora gostou tanto, leva esta mesmo.

E pediu um preço tão alto que fechou os olhos.

— Às vezes me dá um turvamento na vista...

Quando abriu os olhos, parecia um sonho: a turista estendia notas de dinheiro — mas tão novinhas como as das árvores...

— A senhora me desculpe, mas dinheiro novinho assim... a gente tem de testar.

89

A filha chegava com uma braçada de toalhas.

— Mais roupa pra lavar, minha filha? Como essa menina trabalha! Mas me faz um favor: vai até a ponte com este dinheiro e volta ligeirinha.

Sorriu para a turista ainda de pé no sol da rua:

— É só um minutinho. A senhora não toma uma aguinha? É de bica, fresquinha.

Enquanto esperavam a filha voltar, vendeu para a turista um vaso de samambaias. Depois abriu de novo o baú e contou as toalhas, toalhinhas, roupas de nenê, golas e punhos de crochê; não tinha pouco, mas também não tinha muito.

— Temos que fazer mais.

O marido jantou pensando, falou depois do café:

— Nada de aumentar estoque. Viu o que aconteceu com os comerciantes. O negócio é aumentar os preços!

E a filha deu ideia de colher limão nos quintais, pedir gelo no bar e fazer limonada:

— Eu engarrafo com rolha, encho uma cesta e vou vender na rua...

O pai concordou: — Mas venda caro!

Assim as árvores continuaram a dar dinheiro; dinheiro verdadeiro.

Os litros de limonada voltaram vazios, e a moça com o bolso da saia cheio de dinheiro.

Então as mulheres lembraram que antigamente as mães faziam doces para vender aos tropeiros acampados no rio;

e procuraram assadeiras esquecidas nos armários, velhos cadernos de receitas com caligrafia caprichada e cheiro de cravo e canela.

Os quintais tinham antigos fornos redondos de barro, onde agora galinhas botavam e gatos dormiam nos dias de chuva; então elas espantaram os bichos e varreram os fornos. Jogaram lenha, botaram fogo e, quando virou braseiro lá dentro, tiraram as brasas e foram enfiando fornadas de doces de milho e de coco, enquanto no fogão borbulhavam caldeirões de abóbora e mamão, cidra e pamonha.

Logo eram dezenas de meninas e moleques saindo com cestas cobertas de toalhas de enxovais antigos, onde se lia em letras bordadas *Deus ajuda quem cedo madruga*.

As mulheres madrugavam despalhando milho verde que os maridos buscavam de noitinha nos sítios, depois que voltavam do serviço; e as meninas, logo que acordavam, sentavam ao lado das mães para ajudar; de modo que, de noite, todos deitavam moídos e dormiam pesado. Sonhavam como gastar tanto dinheiro — verdadeiro — que ganhavam agora. Os turistas gastavam tanto que um menino perguntou ao irmão mais velho, que sempre sabia de tudo:

— Que quer dizer turista? Gente que viaja?

— Não. Gente que tem dinheiro.

Correndo com dinheiro até a ponte, os meninos chegavam de noite tão cansados que nem saíam mais para trepar nas árvores, brincar na rua; e mesmo nessa hora os turistas continuavam gastando dinheiro. Encostavam nos balcões dos bares e pediam cerveja e caipirinhas, e mais cerveja, e queijo em pedacinhos, depois salame; e sumiam assadeiras e assadeiras de coxinhas, pastéis e empadinhas.

Um dono de bar colocou uma mesa na calçada, os turistas aplaudiram. No outro dia ele buscou uma velha mesa de casa, arranjou outra com um cunhado que contratou como garçom, comprou mais uma de um vizinho, e assim, à noite, lá estavam quatro mesas na calçada: diferentes no tamanho e na altura, mas cheias de turistas que bebiam, cantavam e riam, comiam, cantavam e riam, e, no fim das contas, deixavam gorjetas.

Quando pagavam uma conta, o garçom passava o dinheiro a um menino que corria até a ponte; e logo eram precisos três moleques para esse serviço: os turistas sentavam nas mesas, no meio-fio, no meio da rua, comendo, bebendo, cantando, rindo e pagando.

Então outro bar botou mesas na calçada, com cadeiras de palha que os turistas adoraram, e com sarapatel que uma velha cozinhava suando entre caldeirões enormes na cozinha miudinha. Mas era preciso: os turistas pediam um prato depois do outro, e comiam, bebiam e pagavam rindo, sem perguntar o preço antes nem depois.

Chegavam de ônibus com bumbos e violões; e chegavam de carro com varas de pesca, barracas, frigideiras e fogareiros, cachorros tontos com jeito de fera e crianças que viviam pedindo coisas.

A primeira coisa que faziam era ver as árvores, pegar notas de dinheiro, acender cigarro com dinheiro e rasgar dinheiro à vontade. Depois isso perdia a graça e queriam sol, banho de rio e comida, bebida e cantoria. De cima do morro agora se via a cidade enfumaçada: os turistas assavam carne em valetas no chão, de manhã à noite, e meninos de Felicidade iam e voltavam com cerveja para os homens e refrigerantes para as crianças. Quando traziam de volta as garrafas, paravam no meio do caminho e, numas moitas, bebiam os restos até enjoar. Quando enjoavam, vendiam um pouco para os meninos menores, que engraxavam sapatos e vendiam laranjas.

Um rapaz inventou de vender espetos de bambu, e logo contratou três meninos; ele entrava de facão nos bambuzais do rio, ia fazendo os espetos e os meninos levavam para vender. Outros rapazes também desistiram de esperar emprego e começaram a arranjar serviço: engarrafar água de mina para vender como Água Mineral Felicidade; levar turistas de bote para pescar no meio do rio, onde em 1945 o finado Zé Anzol pescou um pintado de quarenta quilos; ou catar cajus no mato; fabricar carvão; cozinhar milho verde em tambores e vender, vender, vender, até não caber mais dinheiro no bolso.

E meninos corriam sem parar até a ponte com dinheiro na mão, voltavam correndo. As árvores continuavam a dar, e o vento espalhava dinheiro por todo lugar. Nos quintais, dinheiro apodrecia em camadas no chão, e ninguém mais tinha tempo de varrer porque era preciso fazer mais doces, mais salgados, encher mais marmitas, mais garrafadas de sucos e batidas, e no quartinho dos fundos a vó e a tia-avó bordavam ou crochetavam sem parar.

As casas amanheciam com placas novas todo dia:

Fornecemos marmita

Bordados à mão
(de família)

Doces e
salgadinhos

Travesseiros
de paina

Crochê por
encomenda

AQUI PINGA
DE ALAMBIQUE

**Alugam-se bote
e bicicleta**

*Comida
caseira*

Os bares invadiam as calçadas com mesas e prateleiras de doces. As meninas atendiam, perguntando: — Posso servi-los em alguma coisa? —, mesmo quando o turista estava sozinho. E as moças de letra bonita escreviam cardápios em cartolina para pendurar nas paredes: sarapatel, dobradinha, virado de milho, cuscuz, arroz de carreteiro, galinha ao molho pardo, rabada, doce de mocotó, canjica, arroz-doce, queijadinha, olho de sogra, beijo de moça, sonho de padre, maria-mole e todos os doces de antigamente.

Os caminhões de bebidas, que antes passavam uma vez por mês e depois uma vez por semana, agora passavam dia sim, dia não — e um caminhão frigorífico entregava meio boi aqui, ali um traseiro, lá um dianteiro, mais adiante um boi inteiro. Ninguém mais encomendava carne ao açougueiro e, como a mulher andava ganhando dinheiro com crochê, ele começou a fazer redes de pesca na varanda, para matar o tempo antes de ir pescar.

— Quanto? — os turistas perguntavam.

— Quanto o quê?

— Quanto quer pela rede?

— Não é para vender — ele respondia sempre, tantas vezes, que achou melhor ficar no quintal.

Mas as árvores sombreavam tudo, então ele pegou o machado para cortar uns galhos, a mulher não deixou:

— Deixa como está. Quem sabe...

Ele deixou o machado, pegou a vara de pesca, mas logo voltou: os turistas nadavam, jogavam garrafas e latas no rio, pescavam trançando linhas, uma lancha puxava um esquiador e rádios tocavam alto. Então o açougueiro começou a reformar a caminhonete, botando antes uma placa:

**Não vendo
Nem compro nada**

— Se pudesse — resmungava —, comprava só um pouco de sossego.

Felicidade, se pudesse, comprava tempo: todos ganhavam tanto que só faltava tempo para ganhar ainda mais dinheiro.

Homens largaram o emprego ou deixaram as roças para virar pedreiros e encanadores: todo dia um dono de bar resolvia derrubar parede, aumentar cozinha, construir mictório; depressa, os turistas exigiam. E um sobrado virou hotel, um casarão virou pensão, quarto de despejo virou quarto de aluguel.

No rio, rapazes enchiam velhas câmaras de ar para alugar como boias; e também alugavam varas de pesca, vendiam anzóis, latas de minhocas e, se fosse o caso, até pescavam para o freguês.

Homens saíam cedinho com carroças para buscar milho e abóbora nos sítios, frangos e ovos, frutas e lenha.

Um menino tinha um viveiro de minhocas, e Felicidade achava que era um tonto; até que minhocas valeram dinheiro e todos concordaram:

— Sempre foi um menino muito vivo.

Uma moça inventou colares de feijões-pretos, e um velho que fazia canecas de lata inventou de escrever nelas *Lembrança de Felicidade*; os turistas achavam uma graça e compravam de dúzia.

Então surgiram bilboquês e porta-retratos, bichos e cinzeiros de casca de coco e colheres de pau, pulseiras de sementes e esteiras de palha, tudo *Lembrança de Felicidade*; e os turistas riam, enfiando a mão no bolso, pagavam

96

sem dó do dinheiro. Os meninos corriam até a ponte o dia inteiro. Uns estudavam de manhã, outros de tarde, assim tinha sempre uma turma correndo nas ruas e nas beiradas do rio; na escola, dormiam sobre os cadernos. A professora aproveitava para tricotar: os turistas continuavam adorando tricô e crochê.

Mediante módica gorjeta, o atendente da Telefônica fazia ligações interurbanas sem demora. Sem gorjeta, com demora.

Um sujeito aprendeu o ofício de borracheiro, contratou dois ajudantes, e um deles logo abriu outra borracharia.

Meninos maiores andavam com baldes e panos lavando carros.

Meninas com tabuleiros de bijuterias.

Meninos com tabuleiros de pipocas, limonada, cestas de pastéis e coxinhas.

Homens com carroças de legumes e frutas, cada um inventando seu pregão:

Ooooolha a jabuticaaaaba!
Laraaaannnnjabaiana!
Milhoveeerde-miiiilhoverde!

E nos fundos das casas bordavam as velhas de vista boa; as de vista ruim faziam crochê tão ligeiro que mal se via a ponta das agulhas.

Numa casa a família se reuniu de noite em volta da mesa; os filhos e a mulher escutaram o homem:

— Tive uma ideia. A gente quebra aquela parede ali, emenda a sala com o quarto, dá um salão pra cinco ou seis mesas, e damos refeições.

A filha maior fez cara de nojo:

— Vamos morar num restaurante, pai? Que vão pensar da gente?

A mãe:

— Vão pensar que estamos ganhando dinheiro, e tomara que seja verdade. Eu cuido da cozinha.

O filho maior:

— Temos de aproveitar, é Deus quem mandou essa gente. Eu cuido das bebidas.

O filho menor:

— Eu corro até a ponte com o dinheiro.

A filha menor:

— Eu sirvo as mesas.

A filha maior:

— Eu morro de vergonha.

A mãe:

— Então você fica comigo na cozinha.

O pai levantou, foi até o quintal, voltou com uma marreta:

— Então amanhã mesmo eu largo o emprego.

E começou a marretar a parede:

— Não aguento esperar até amanhã.

Os filhos começaram a arrastar os móveis.

Numa semana, outras casas também botaram placas na calçada:

COMIDA CASEIRA
AMBIENTE FAMILIAR

Demoliam quartos para emendar com a sala, e era sempre preciso aumentar a cozinha e ter papel higiênico para os turistas no banheiro, ao lado do jornal para o pessoal da casa.

Pediam mesas para os parentes e enchiam a sala, os turistas comiam se acotovelando.

Agora a mãe cozinhava em caldeirões mais altos que o filho menor, e em frigideiras para uma dúzia de bifes, num fogão a lenha e num fogão a gás; sem tempo nem para tirar o cabelo do olho e, talvez por isso mesmo, sem reclamar mais das tonturas, das varizes, da coluna, da enxaqueca e das colites. Não tinha mais nem tempo de discutir com o marido: ele buscava lenha, fazia as compras e as contas, ajudava a filha e a sobrinha maior a atender as mesas. A sobrinha menor também ajudava na cozinha, e o caçula contratou dois priminhos para correr até a ponte, enquanto ficava engraxando sapato debaixo das mesas.

Depois que lavavam os pratos, as moças sovavam massa, fritavam salgadinhos; as meninas saíam com cestas e os meninos iam juntos para correr até a ponte em caso de dinheiro novo (dinheiro velho era sempre verdadeiro). Quando voltavam, sempre tinha novidade em casa: geladeira, congelador para os peixes, refrigerador para as bebidas, mais pratos e talheres, copos e jarras, toalhas, litros de mel ou bordados da família, alguma nova ideia do pai:

— Aí pelos sítios tá sobrando pimentão. Você ainda faz pimentão recheado?

O filho mais velho tinha caligrafia melhor para as placas:

HOJE:
ALMOÇO ESPECIAL!
PIMENTÃO RECHEADO

E aumentavam o preço do almoço, na janta serviam os restos como *Croquete à moda da casa*.

Um velho saiu de charrete, um menino turista viu e agarrou na roupa do pai, apontando e choramingando:

— Quero passear naquilo, pai, quero passear naquilo.

O velho passeou com o menino na boleia, segurando uma ponta das rédeas; uma volta pela cidade, depois uma volta na praça e, depois, o menino não queria descer, agarrava na rédea:

— Mais uma volta, mais uma volta!

O velho disse que também tinha um neto teimoso assim, ia dar mais uma volta e pronto; então o turista enfiou a mão no bolso:

— O senhor faça o favor de cobrar. Quanto é?

O velho falou que de jeito nenhum, era um prazer.

— Eu tenho neto nessa idade, criança é assim mesmo.

Passeou com o menino e outro que subiu na esquina. Os dois pegaram as pontas das rédeas e um puxava de cá, outro puxava de lá, até que pararam admirados quando o cavalo começou a soltar troços verdes e fumegantes.

Quando apearam, outros meninos já choravam puxando a roupa dos pais:

— Eu também quero, eu também quero!

E os pais perguntavam quanto custava o passeio. O velho olhou o chão, falou com a voz sumida:

— Cada um dá quanto quiser.

No outro dia comprou madeira, chamou um filho carpinteiro, arranjou rodas de bicicleta e fizeram uma carreta com banquinhos, atrelaram na carroça, botaram uma sineta no cavalo e saíram pelas ruas. Num instante a carreta estava lotada de crianças; e duas iam na boleia, naturalmente pagando um pouco mais.

A sineta soava como anúncio de Natal; o tempo passava, dezembro ia chegando e as árvores continuavam a dar dinheiro. Mudou o ministro da Fazenda, a Casa da Moeda lançou notas novas no país; e, no mesmo dia, as árvores deram notas com assinatura do novo ministro.

Então Felicidade virou notícia de novo, e chegaram mais e mais turistas.

Pensões viraram hotéis, mais casas viraram pensões, e os comerciantes reformaram as lojas; nas prateleiras surgiram roupas da moda e bebidas caras, artigos de pesca e de acampamento, enlatados e isqueiros, barbeadores e revistas, dinheiro emoldurado e abajures de dinheiro. Nas ruas, carroças vendiam frutas da terra, legumes e dinheiro: agora a gente de Felicidade varria tudo cedinho. De manhã os turistas quase não achavam dinheiro nas ruas, tinham de comprar.

As árvores davam muito dinheiro, mas já eram turistas demais: olhando da ponte, Felicidade era uma ilhota de telhados, enfumaçada, cercada de barracas por todos os lados. À noite, as barracas gargalhavam, enquanto Felicidade dormia cedo: mal amanhecendo, era preciso varrer dinheiro, acender o fogo... Nem tinham tempo de contar quanto dinheiro ganhavam, mas ganhavam.

Os bares aumentavam os balcões frigoríficos, os estoques, os preços e as pedras de gelo; diminuíam as doses e as porções. Um homem vestiu camisa branca e calça preta porque não tinha mais roupa limpa — e ia passando por um restaurante com mesas na calçada, um turista chamou:

— Garçom! Faça o favor.

O homem foi até a mesa.

— Uma cerveja estupidamente gelada. Capricha que tem gorjeta.

O homem foi até o balcão, pediu uma cerveja, levou; quando ia saindo, o dono do bar chamou:

— Quer ser garçom? Pode começar já.

Os restaurantes caseiros também começaram a cobrar gorjeta, e agora tinham ventiladores no salão, na cozinha novo fogão a gás, quartos com beliches para quatro ou até seis, se dois dormissem no chão.

Duas famílias parentes foram morar juntas, e da casa que sobrou fizeram pensão. Encheram de camas os quartos,

102

a sala e a cozinha; azulejaram o banheiro, como os turistas gostavam — e, de manhã, levavam a cada quarto uma bandeja com café e leite, pão com manteiga, uma fruta e um maço de dinheiro. Os turistas adoravam, pagavam sem piscar. Logo outras famílias também se juntaram para abrir mais pensões, e vieram mais turistas.

A Prefeitura cobrava impostos. Contratou funcionários para cobrar mais e, por isso, cobrou ainda mais para pagar os funcionários; mas, no fim das contas, sobrou dinheiro para um moderno caminhão de lixo que o prefeito mandou pintar com letras grandes:

PREFEITURA MUNICIPAL DE FELICIDADE
DINHEIRO AQUI É LIXO!

E o lixo aumentava todo dia: Felicidade estava sitiada por barracas, onde latas e garrafas eram abertas sem parar, e nas pensões os turistas gastavam tanto papel higiênico e guardanapos que alguém teve a ideia: por que não usar dinheiro? Os turistas adoraram.

A fumaça das chaminés vivia sobre Felicidade. Nas ruas, um trânsito de carros, ônibus, charretes enfeitadas e bicicletas: agora os meninos pedalavam até a ponte. E surgiram na praça duas agências bancárias; dois bancários iam de moto até a ponte.

Aí Felicidade pediu dinheiro emprestado aos bancos: aumentaram os bares e restaurantes, mais pensões viraram hotéis e mais casas viraram pensões, aumentaram também os estoques e equipamentos, porque dinheiro chama dinheiro e, com mais dinheiro, iam ganhar ainda mais dinheiro enquanto as árvores dessem dinheiro.

Mas as árvores pararam de dar dinheiro.

O PÓ

Nem perceberam em que dia foi, porque ainda tinha muito dinheiro pelos quintais, pelas ruas; só perceberam quando um menino apontou uma árvore e mostrou: não nasciam mais flores.

Os telefones tocaram na cidade inteira; as famílias e os sócios se consultavam: o que fazer?!

Numa meia-noite de chuva se reuniram na Prefeitura as mulheres e os homens de negócio de Felicidade, mãos raladas de cozinhar, pernas cansadas de atender mesas, irritados porque eram todos concorrentes e, de repente, tinham de ser aliados: os problemas de todos eram os mesmos.

— Como pagar a reforma, a geladeira, todo o equipamento?

E começaram a fazer contas; nunca tinham somado todas as despesas, e agora os números assustavam.

— E os estoques, como pagar os estoques se pararem as vendas?

E calcularam o custo dos estoques, e os números apavoravam.

— Quem pegou dinheiro no banco, como vai pagar?

E calcularam os juros: quando emprestaram o dinheiro, nem tinham percebido que eram prazos tão curtos e juros tão altos.

E discutiram e lamentaram, e refizeram as contas e se acusaram:

— Só abri hotel porque você também abriu!

— E abriu na frente do meu, pra dividir freguesia; senão hoje eu tinha com que pagar o banco! Por que não ficou só com o restaurante?

— Numa democracia todos devem ter oportunidade!

— Então agora não reclame.

Uma mulher levantou com olhos de ódio:

— Fui a primeira a vender crochê, mas logo tantas começaram que tive de baixar o preço!

Outras mulheres levantavam acusando, gritando.

O prefeito pedia calma.

— Agora você pede calma! Por que não pediu quando começamos a abrir as lojas?!

— Os impostos você cobrou direitinho.

— E vocês queriam o quê? Que a cidade virasse chiqueiro? Compramos três caminhões de lixo.

— Grande investimento. Quando os turistas forem embora, nosso lixo vai caber numa carroça.

— Pelo menos vamos ter de novo uma cidade limpa.

— Eu preferia um chiqueiro com dinheiro.

— Porco é o que não falta...

Começo de briga.

— Deixa disso.

Uma mulher desmaiou.

— Vamos botar a cabeça no lugar, gente! O que fazer?!

De manhãzinha eles sacudiram os meninos:

— Acorda, filho, levanta.

Mandaram subir nas árvores com dinheiro para colar nos galhos; e assim, quando os turistas acordaram, as árvores tinham dinheiro de novo.

Mas os turistas continuaram a chegar e queriam dinheiro para acender cigarros, jogar para o alto, acender fogo, limpar os sapatos e rasgar em pedacinhos — era disso que eles mais gostavam.

A gente de Felicidade varreu todo o dinheiro dos quintais. Recolheram dinheiro nas ruas, guardaram tudo em gavetas e malas, empilharam em quartos fechados à chave: começou o racionamento, que as crianças menores nunca mais esqueceriam, por causa da morte do porquinho.

Era um porquinho sem dono que cresceu fuçando lixo nas ruas e se banhando no brejo; vivia a vida mais feliz que um porco pode ter. Era cor de sujeira, com duas manchas pretas nos olhos, e andava comendo tudo que as criancinhas davam: algumas tiravam da boca para dar ao porquinho.

Mas, no começo, apanhou muito até aprender a não fuçar nos latões de lixo. Aprendeu também que de tardezinha a carroça do lixeiro passava e, depois, todo o lixo era despejado no aterro; ele ia atrás do cheiro da carroça. Depois, caminhava já na frente dela — e voltava só no dia seguinte. Comia muito, mas, de tanto caminhar, não engordava.

Quando as árvores começaram a dar dinheiro, o lixeiro se aposentou por conta, até que a Prefeitura contratou outro por um dinheirão — mas, então, o porquinho já não ia mais ao aterro. Ninguém se preocupou com o que ele andava comendo, e só algumas crianças perceberam que o porquinho ia virando um porcão. Andava pela beirada do rio fuçando lixo dos turistas, e engordava sem parar.

Quando as árvores foram parando de dar dinheiro, um dia ele tentou ir atrás do novo caminhão de lixo — mas já mal se arrastava: a barriga relava no chão e os olhinhos quase fechavam de tanta gordura. Até que um dia, depois que as árvores pararam de dar dinheiro, teve de correr.

Atrás dele iam homens e meninos com paus e, na praça, já não corria: ia rolando, ensanguentado e com uma pata quebrada, os homens dando pauladas:

— Porco infernado!

Uma mulher correu, abriu a saia protegendo o coitado; mas ele ficou com a cabeça e o rabo de fora. Os meninos apedrejavam, a mulher gritava:

— Vocês não têm vergonha? Cada baita homem contra o coitado do porquinho!

108

— Coitado? Desgraçado, isto sim: viciou em comer dinheiro!

E continuaram de pau no porquinho; a mulher deixou:

— Sendo assim...

Um menino contou que fazia tempo já desconfiava do porquinho.

— Mas tive dó de contar...

O porquinho já estava quase morto.

— Deixa viver — pediu uma menina.

— Quanto dinheiro esse porco terá comido? — um homem perguntou com raiva e deu a última cacetada. A cabeça do porquinho era uma massa de olhos e orelhas.

Deixaram na sarjeta para o caminhão de lixo, e então as criancinhas vieram vindo, ajuntaram em volta e ficaram olhando quase sem piscar; piscavam só quando os olhos secavam de tanto ficar olhando.

Os meninos já tinham voltado para a ponte, atendiam os turistas. Chegavam mais turistas, viam as árvores, fotografavam, aí queriam dinheiro. Os meninos davam uma nota a cada um.

— Não é tempo de safra, elas estão dando pouco.

A família turista cercava o pai:

— Eu queria rasgar dinheiro, pai.

— Você falou para eles que iam ter dinheiro à vontade — dizia a mãe.

— Eu queria queimar dinheiro, pai.

Então os meninos começaram a vender dinheiro.

Logo os bares e lojas também começaram, e de novo os turistas puderam rasgar dinheiro à vontade.

Quanto mais rasgavam e queimavam, mais aumentavam os preços. No começo, uma nota verdadeira comprava uma dúzia de *felicidades*, nome inventado pelos meninos para o dinheiro das árvores. Depois, uma nota valia outra, duas valiam uma, até que uma dúzia de notas verdadeiras comprava apenas uma *felicidade*. Os turistas também começaram a racionar:

— Você rasga a metade, filho, sua irmã rasga a outra metade.

— Eu não quero rasgar, pai, quero queimar.

— Fogo não dá pra dividir. E que graça tem queimar? Queime papel, ué!

Então Felicidade já tinha ganhado bastante dinheiro. Todos pagaram os estoques, o banco, as reformas, e o dinheiro acabou.

Os meninos foram tirando dinheiro das árvores para vender, até que acabou também o dinheiro das árvores.

Os turistas chegavam, queriam ver dinheiro nas árvores, queriam dinheiro nas mãos.

Vieram de novo caminhões de reportagem das televisões, noticiaram para o mundo: as árvores tinham parado de dar dinheiro.

E pararam de chegar turistas.

Mas as árvores não pararam de crescer.

Os quintais eram pura sombra: as árvores trançavam as galhadas, fechavam um toldo verde de folhas que se sufocavam; e as raízes também se trançavam, escapavam dos quintais, queriam entrar nas casas; e se enfiavam por baixo das calçadas, arrebentavam o cimento e, com a insistência de uma força lenta, desarrumavam na rua os paralelepípedos.

Os fogões esfriaram, mesas foram empilhadas, e os colchões dos hotéis começaram a empoeirar. Tachos e panelões foram para os armários, as lojas arriaram as portas, menos uma, que para o comércio de Felicidade uma porta bastava — e, mesmo assim, eram muitas portas e poucas haveriam de continuar. O trânsito tinha morrido de repente, e agora, no silêncio, se ouvia de novo a igreja badalando as horas; como uma cidade de veraneio esperando o verão.

Todos podaram raízes e galhos de suas árvores, e começaram a esperar. Decerto dariam mais dinheiro na próxima temporada, como toda árvore.

Um dia os meninos jantaram e se viram de repente sem cansaço e sem ter o que fazer, então saíram para a rua. Todos os postes estavam iluminados, alguns eram novos. Como se obedecessem a uma ordem antiga, foram se juntando debaixo do mais torto dos velhos postes, sentaram no meio-fio e ficaram olhando a rua sem ver nada; estavam desanimados da vida. Um se levantou de repente:

— Que tal um pique-salva?

Os outros não se mexeram. Tinham lidado com dinheiro, muito dinheiro; tinham sido meninos de negócio; tinham corrido atrás da fortuna. Que gosto tinha agora correr uns atrás dos outros?

Nas varandas as meninas olhavam os meninos; com eles casariam, seriam donas de casa, trabalhadeiras em pias e fogões, tanques e vassouras; portanto, para que brincar agora se o futuro seria assim?

Os velhos botavam cadeiras na calçada, mas quase não conversavam: decerto seriam de novo concorrentes no próximo verão.

E nas casas os casais faziam contas, balanços e balancetes; agora eram comerciantes com alvarás, licenças, taxas, impostos e compromissos.

Enquanto isso, as árvores cresciam.

O açougueiro voltou a sair toda manhã; e agora a caminhonete estava reformada e pintada com tintas achadas no lixo no tempo do dinheiro. Saía buzinando rouco, capô amarelo, chassi verde, um para-lama azul, outro vermelho — e, quando voltava, um dos para-lamas estava sempre com uma batida nova.

Vendida a carne, ele ia andar na beirada do rio, ia longe, até onde não tinham chegado os turistas e o anzol não enroscava em latas e garrafas, plásticos e sacos de lixo, linhas emaranhadas, brinquedos e roupas, fraldas e até um sapato que ele pescou um dia.

Nas margens, os turistas deixaram um rastro de ruínas: aterros de lixo que os cachorros cavucavam, restos de fogueiras, árvores cortadas, capinzais queimados e, nas pedras e nos troncos, nomes de namorados escritos à faca, piche e esmalte de unhas.

112

Onde antes pescava na sombra, agora ele encontrava árvores caídas e desbarrancamentos. Então deu de trazer sementes catadas nos quintais: mangas, abacates, goiabas e jambos, jamelões e cajus, laranjas e limas, pitangas, ameixas, mamões e todas as frutas que antes faziam de Felicidade um pomar. Agora, era preciso procurar muito para achar um pé de fruta: as árvores de dinheiro sufocavam tudo.

A mulher perguntou por que agora ele levava enxadão para pescar.

— Para plantar; quem sabe um dia a gente possa pescar no rio com sombra e com frutas.

— Um dia... — ela suspirou olhando as árvores do quintal.

E continuou esperando novas flores; o açougueiro continuou plantando frutas.

Felicidade esperou um ano, e as árvores não floriram.

Amanheciam olhando os galhos:

— Quem sabe hoje.

Anoiteciam olhando os galhos:

— Amanhã, quem sabe.

E todo dia as árvores cresciam; as raízes se enfiavam em cada fresta de cimento, engrossavam, forçavam calçadas e meios-fios, suspendiam alicerces; até que começaram a rachar as paredes, e as copas cobriam as casas, com uma sombra úmida, os telhados mofavam, e as crianças viviam resfriadas.

Então deu uma praga de lagartas comendo as folhas, milhões de lagartas.

Depois deu uma praga de gafanhotos, que comeram as lagartas e também os novos arrozais.

— Cansei de perder dinheiro por causa de dinheiro — um homem disse depois das pragas, e pegou o machado, cortou as árvores do quintal.

Outros também cortaram; mas muitos continuaram a esperar: quanto menos árvores, menos concorrentes no verão.

Mas o verão passou e as árvores não deram dinheiro.

Deram brotos: cada tronco cortado rebrotou. E, quando mais árvores foram cortadas, as primeiras já estavam com brotos mais altos que um homem, crescendo mais depressa que as próprias árvores, centenas, milhares de braços verdes subindo do chão, enfolhando com uma fúria verde, até virarem matagais trançados cobrindo os quintais e invadindo as ruas.

Então cortaram o mato, encheram carroças e despejaram nos campos.

Mas as raízes continuaram a crescer e brotar nos quintais, e nos campos os brotos enraizaram e o matagal avançou pelos pastos e estradas.

Era um mato torcido, mais de galhos que de folhas, e nunca deu uma flor. Onde roçavam aquele mato para plantação, a terra não dava mais nada.

Nos quintais, as raízes avançavam arrebentando alicerces, braços se estendendo por baixo da rua até levantarem os paralelepípedos; então a rua encheu de buracos e poças de água — e por esses buracos as raízes saíram rebrotando ao sol.

E apertavam os alicerces por baixo da terra; as casas entortavam, minava água, o assoalho esboroava.

Então Felicidade cansou de esperar e começou a lutar. Abriram crateras nos quintais para arrancar os tocos, e arrancaram os paralelepípedos para perseguir as raízes. Vista do morro, Felicidade era fileiras de telhados entre montes de terra e crateras; e em certos dias nem podia ser vista: o vento trazia do campo a fumaça das queimadas. As raízes eram levadas em carroças para o campo, e os tocos iam nos caminhões de lixo, queimavam em pilhas altas. O vento batia, cobria Felicidade de cinzas, as cinzas viravam um pó preto, tão fino que era impossível varrer, cobriu as casas e os móveis como uma pele. Todo mundo tossia.

Vieram de novo os caminhões das televisões, os carros dos jornais, os curiosos profissionais; e filmaram e fotografaram à vontade: agora ninguém mais se escondia nem se envergonhava, trabalhavam em mutirão.

— Será que a gente vence tanta desgraça?

— Se até o Natal a gente não vencer, eu desisto.

Dormiam ainda mais cansados do que quando ganhavam muito dinheiro. As crianças ajudavam; perseguiam raízes cavucando a terra, caçavam brotos e despejavam sal em cada rachadura das casas. Os adultos carregavam tocos e mais tocos, que agora tinham de queimar dentro de valas enormes, para depois enterrar as cinzas; mas já se animavam.

— Faltam poucas.

— Mas continuam brotando.

— Podem brotar; agora tenho certeza: nós vamos conseguir.

Aprenderam a rir de novo, e começaram a comemorar toda noite com as bebidas dos estoques.

— Falta só metade de um quarteirão!

E logo chegou a vez da última árvore. O prefeito deu a primeira machadada:

— Até nunca mais, desgracenta!

Os homens avançaram com os machados, rodeando a árvore com pancadas mais de bater que de cortar; batiam com raiva. Quando a árvore caiu, mulheres cuspiram no tronco; meninos estraçalharam os galhos, meninas rasgaram as folhas uma a uma.

Assim acabaram as árvores. Mas nos campos o mato continuava a crescer — e se alastrava, rodeando a cidade.

Mal comemoraram com as últimas garrafas, brigadas de homens saíram com machados e serras. Combatiam o dia inteiro, roçando e queimando, vestidos com mangas compridas e lenços no rosto para aguentar o calor. As crianças levavam marmitas e água; e de noite as mulheres recebiam em casa maridos encarvoados, olhos cavados e cabelos chamuscados, mãos de terra e suspiros tão fundos que os homens pareciam se afundar neles.

Pediram ajuda ao Governo, mas o Governo disse que dinheiro não dá em árvore, precisavam esperar e, mesmo que esperassem muito, sempre seria pouco dinheiro para combater tanto mato.

— As eleições vêm aí — disse o prefeito aos políticos da capital — e Felicidade vai votar em quem ajudar.

— Em comparação com o dinheiro que é preciso — responderam os políticos —, são muito poucos votos em Felicidade. Não precisamos de votos tão caros.

Era isto que o prefeito contava aos felicenses reunidos na Prefeitura. O salão estava lotado, gente despencava pelas janelas, gente se amontoava pelo chão, e um chapéu começou a passar recolhendo votos. Depois o prefeito pegou o chapéu cheio de papeizinhos enrolados, foi desenrolando cada um e lendo alto:

— Mudamos.

Desenrolava outro papelzinho; todos ouviam; estavam decidindo o destino: mudar ou continuar em Felicidade?

— Ficamos.

— Mudamos.

Leu o último voto, fez as contas e olhou aquela gente. Era sua gente — e ele, que tantas vezes tinha falado do povo, agora sentia o povo ali, o mesmo povo que passou andando pelo Mar Vermelho, o mesmo povo que crucificou Cristo e depois caiu de joelhos. Homens carecas de preocupações, mulheres descadeiradas de canseira, velhas de dedos milagrosos. E os velhos com a sabedoria das estações e das luas, pesca e caça, olaria e carpintaria, ossos meteorológicos. Ali estavam também as moças com seus vulcões escondidos e os moços olhando pelas janelas, já estavam perdendo a paciência, queriam ação: eram mesmo moços. Era mesmo um povo que o prefeito via, um povo sem dúvida nenhuma, e então falou meio engasgado:

— Gente, nós vamos ficar e lutar.

Um homem começou a bater palmas devagar, como um bobo, e logo todos estavam batendo palmas, e se abraçavam. As mulheres e os velhos choravam abertamente, os moços e os homens faziam força para não chorar. O sol bateu na janela e, então, um menino chegou correndo e parou na porta; quando voltou o fôlego, anunciou:

— O mato começou a secar!

As folhas caíam amareladas, os galhos iam se retorcendo; e logo estavam tão quebradiços que o vento arrancava, até ficarem só as raízes na terra seca. Era tão rápido que em poucos dias as raízes apodreciam e esfarelavam, a terra murchava seca e surpreendida, virando pó.

Enquanto o mato secava, chegaram as eleições, mas ninguém prestou atenção. O único candidato foi um sujeito novo em Felicidade, e votaram nele sem pensar: mais importante que um prefeito era a terra — e a terra estava indo embora.

O verão tinha trazido as chuvas, e as enxurradas levavam para o rio a terra esfarelada pelo mato. Sulcos de enxurrada foram se abrindo, e a cada chuva a água novamente corria pelos sulcos até virarem valetas.

As valetas foram virando valas.

As valas foram se alargando e afundando. A terra estava perfurada de galeria das raízes; e agora a água comia, arrancava aos pedaços, cavava até desabar, e levava tudo; e as valas alargavam e afundavam mais.

Até que a água das chuvas encontrou a água dos lençóis subterrâneos: as valas tinham virado voçorocas, tão fundas que já engoliam pomares e logo alcançariam as primeiras casas.

Chovia, toneladas de terra desaguavam no rio, que corria barrento semanas inteiras.

Ventava, e Felicidade se cobria de pó.

Foram ao novo prefeito: o que fazer?!

Mas o novo prefeito só queria cobrar impostos.

O carteiro tinha largado o emprego para virar comerciante no tempo dos turistas, agora era carteiro de novo; e era uma segunda-feira quando entregou uma sacola de cartas para metade das casas de Felicidade.

Vinham todas do cartório comunicando que, passado o prazo para registrar as casas conforme o testamento, elas passavam a ser da Prefeitura.

O prefeito começou a cobrar aluguel das casas, e Felicidade se dividiu em duas: os que moravam em casa própria apoiaram o prefeito, os que moravam de aluguel formaram um partido de oposição.

As voçorocas avançavam já nos quintais. Numa noite de tempestade, uma casa desabou e foi arrastada pela enxurrada. No outro dia todos foram ver os destroços: o prefeito e metade dos felicenses do lado de cá da voçoroca; do lado de lá, os oposicionistas. Panelas, sapatos e uma boneca estavam embarreados no barranco: na última hora, a família tentou salvar o que podia, e quase não se salva.

— Vou trocar os caminhões de lixo por tratores — o prefeito gritou para os oposicionistas.

Depois de um tempo, alguém respondeu do lado de lá:

— Nós apoiamos!

Uma velha meio surda perguntou o que estavam gritando, um homem suspirou:

— Parece que agora vamos lutar contra a erosão.

— Que bom — a velha bateu palmas —, estava ficando tudo tão desanimado!

O prefeito, trepado num caixote, já falava discursando:

— ... e prometo, Felicidade, que, se não faltar dinheiro...

— Dinheiro vai faltar sempre! — alguém gritou, e todo mundo riu.

Já começavam a aparecer na multidão enxadas e enxadões, pás e picaretas.

Os frutos

Enxadão no ombro, naquele dia o açougueiro parou espantado na beirada do rio. Existem sementes-borboletas: caem das árvores rodando no vento — um caroço com asas — para germinar longe. Sementes-projéteis, como a da mamona: estoura com o sol e joga longe as sementes. E sementes-vagens, sementes-paraquedas, sementes que viajam no vento, nas enxurradas, no bico dos pássaros, na pelagem ou na bosta dos bichos.

Ele conhecia todas as sementes de Felicidade, mas um dia tinha achado umas pretas, redondas e duras como nunca tinha visto. Plantou uma por uma na beira do rio e já tinham germinado: as plantinhas já estavam com palmos de altura!

Em menos de semana, já pendurava nelas o embornal.

Logo começaram a dar sombra, e passarinhos fizeram ninhos; cantavam enquanto ele pescava.

Um dia, quando já eram árvores copadas, ele olhou bem e falou baixinho: — Já vi essa árvore antes...

Um homem tinha amarrado um bode no pé de uma das árvores, e o bode tinha comido o capim em redor; agora ela estava alta e copada no meio duma clareira.

— Já vi essa árvore antes — o açougueiro pensou de novo em voz alta, e o homem, que vinha chegando para pegar o bode, ouviu aquilo e, só por olhar, olhou a árvore e arregalou os olhos:

— É uma árvore de dinheiro! — e afastou um passo como se visse o demônio.

Tirou da cinta o facão de cortar capim. Tinha sido rico no tempo do dinheiro, e agora levava nas costas um saco de capim para o bode; então foi com ódio que avançou para a árvore erguendo o facão.

— Ficou louco? — o açougueiro falou e o homem parou com o braço no ar.

— É preciso cortar essa desgraça!

— Ela dá sombra.

— Mas dá dinheiro também! Vou cortar!

— Mas tem um ninho lá, olha!

— Vou é buscar machado e cortar!

O homem foi desamarrar o bode, o açougueiro ficou olhando a árvore. Ainda não tinha reparado que aquelas pareciam mesmo árvores de dinheiro, mas, olhando bem, que seriam aquelas coisas ali no chão? Agora o homem também via, no capim tosado pelo bode, aquelas coisas espalhadas, como se fossem feitas só para estar ali, naquele momento e para sempre, tão naturais que até pareciam...

— Frutas! — o açougueiro pegou uma e cheirou para acreditar. — Nunca vi uma árvore dar fruta tão depressa assim!

O homem já passava com o bode, tropeçando na pressa de ir buscar o machado:

— E se der dinheiro também? Melhor cortar logo!

Mas escorregou, amassando uma fruta no capim. O vento levou o cheiro até o bêbado dormindo ali numa moita. Acordando, ele se levantou e pegou a fruta amassada. Olhou, cheirou, esfregou nos dedos uma gota do caldo.

— Será que é de comer?

— Tem jeito! — ouviram uma voz de mulher. Era a velha empregada do velho pão-duro, e isso fez o homem lembrar das três sementes, da primeira árvore, das árvores todas — e puxou o bode pela corda, mas o bicho empacou mastigando uma fruta.

— Esse bicho come de tudo — o homem puxava a corda. — Vou buscar o machado.

— Você sumiu! — o açougueiro nem acreditava ver a velha de volta.

— Isso virou um inferno — o bêbado resmungou.

— Mas passou.

— Eu senti que devia voltar — a velha pegou uma fruta.

— Eu também! — o bêbado lambeu no dedo uma gota de caldo. — Senti que devia voltar. Mas será que é fruta de comer?

Uma bem madura caiu no rio e, antes que afundasse, os peixes já bicavam.

— Só tem um jeito de saber — o açougueiro mordeu.

O bêbado e a velha morderam também.

— É gostosa.

— Cheirosa.

— Macia.

Comiam com tanto gosto que o homem pegou uma. Olhou, cheirou.

— Dá mesmo vontade de...

Os outros já comiam, cada um, a segunda e andavam em volta da árvore procurando mais.

O homem abriu a fruta, o caldo escorreu nos dedos. Lambeu, deu uma mordidinha, mordeu mais — e, para comer com as duas mãos, até desamarrou o bode.

— Fruta boa! — e, lembrando da árvore, engasgou. — Mas será que não vai mesmo dar dinheiro mais?

— Se der, agora a gente já sabe o que fazer — o açougueiro jogou algumas frutas para os peixes.

— Agora sei por que voltei — o bêbado falou de boca cheia, e a velha completou:

— Pra comer essa fruta!!

— É muito boa mesmo — o homem se lambuzava. — Então por que jogar tantas pros peixes?

— Eles gostam! — o açougueiro jogou mais algumas.

Na cidade, todo mundo também gostou das frutas: logo descobriram que davam suco, doce e geleia. As sementes davam colares e terços, e não havia nada melhor para os velhos usarem de fichas no baralho. As flores também eram cheirosas e bonitas, as árvores viviam cheias de abelhas.

Então, plantaram mais sementes na estrada, nas chácaras, até que as árvores se espalharam e chegaram aos quintais — e todo dia algum menino descobria que também eram árvores gostosas de trepar, melhores ainda pra juntar passarinho e continuaram dando frutos, sementes, flores, sombras, cantos e alegria para Felicidade, por muito e muito tempo.

AUTOR E OBRA

"A árvore é fruto de uma semente e de uma paixão."

A árvore que dava dinheiro, meu primeiro livro juvenil, foi inspirado – ou semeado – pela leitura de *História das riquezas do homem*, de Leo Huberman e Paul Sweezy, que mostra como o dinheiro é a maior invenção humana, e que tanto pode servir para construir como para escravizar, para associar ou explorar gente, para irmanar no progresso ou motivar guerras entre nações.

A árvore é fruto também de minha paixão pela ética, eixo de todos meus livros. E a ética nada mais é que uma ação correta, fazer o certo. Se às vezes é difícil saber o que é certo, é fácil saber o que é errado: é aquilo que você quer fazer aos outros, mas não quer que façam com você, como enganar, que é o que muitos tentam fazer com o dinheiro fácil que cai das árvores em Felicidade.

Com dinheiro na mão querem, por exemplo, comprar barato para vender caro, e assim vão descobrindo a inflação, depois a paralisação da economia pelo excesso de dinheiro. Regridem então ao estágio da economia de troca, trocando mercadorias, como no tempo em que não existia dinheiro, até descobrirem que o que produz dinheiro de verdade — e vida boa — é o trabalho.

Evidentemente, a cidadezinha se chama Felicidade para lembrar e questionar o velho ditado de que dinheiro traz felicidade. E, tanto na capa como nas ilustrações, vemos mãos a lidar com dinheiro, a lembrar que quase todos querem "dinheiro na mão"... mas, como diz o samba de Paulinho da Viola, "dinheiro na mão é vendaval". Menos, claro, para quem tem educação financeira, ou seja, sabe ganhar e usar dinheiro, e é para isso que escrevi este livro.

Se o livro me deu dinheiro? Claro, como todo serviço que a gente faz com amor, e ganhei também o imenso prazer de saber que, ao longo dos anos, milhões de jovens provaram o gosto do fruto daquela semente e da minha paixão. Espero que sejamos cada vez mais gente a plantar um mundo em que a felicidade não dependa só de dinheiro e o dinheiro seja sempre para a felicidade.

Domingos Pellegrini